KB260891

깨달음의 열쇠

깨달음의 열쇠

초판 인쇄 2005년 7월 18일
초판 발행 2005년 7월 25일

지은이 베니스 J. 블러드워스
옮긴이 공보경
펴낸이 김철수
편 집 최봉식
디자인 김현민
마케팅 김미숙
관 리 장인희 · 송무영

출 력 스크린출력센터
용 지 승일지업사
인쇄 · 제본 (주)상지 피엔비

펴낸곳 지원북클럽
등 록 1996년 12월 3일 제10-1371호
주 소 서울시 마포구 상수동 231번지 호수빌딩 301호
전 화 (02)322-9822~5 | 팩스 (02)322-9826

* 잘못 만들어진 책은 구입하신 서점에서 교환해 드립니다.

베니스 J. 블러드워스 지음 | 공보경 옮김

지원클럽

Key to yourself

: Opening the door to a joyful life from within

새벽에게 전하는 인사

오늘을 직시하라.

오늘이 가장 진실한 삶이다.

한 뼘밖에 안 되는 짧은 시간이지만

모든 진실과 네 존재의 실상이 그 안에 놓여 있다.

성장의 행복.

행동의 영광.

미(美)의 광채.

어제는 꿈에 불과하고

내일은 환상일 뿐이지만

오늘을 충실히 살면

어제는 행복한 꿈이 되고

내일은 희망찬 상상이 된다.

그러므로 오늘에 더욱 충실하라.

- 산스크리트

| 차 례 |

새벽에게 전하는 인사

머리말

1 생각이 세상을 만든다 · 15

2 생각을 조종하라 · 22

3 생각의 힘은 위대하다 · 28

4 잠재의식이란 무엇인가? · 32

5 '나'도 보편정신의 부분이다 · 38

6 자기 암시로 환경을 바꿔라 · 45

7 잠재의식에 좋은 씨앗을 뿌려라 · 53

8 현실이 고통스럽다면 두려움을 없애라 · 60

9 꿈을 이루고 싶다면 마음에 그림을 그려라 · 70

10 현실을 바꾸려면 보편정신을 믿어라 · 80

11 내면의 자석을 만들어라 · 89

12 무한한 자산을 이용할 줄 아는 지혜를 길러라 · 95

13 빵 굽는 방법을 알아야 맛있는 빵을 만들 수 있다 · 103

14 건강, 젊음, 아름다움도 마음먹은 대로 만들 수 있다 · 112

15 마음에 그린 대로 이루어진다 · 130

16 성공하려면 강렬히 소망하라 · 137

17 쓰레기같은 파괴적인 습관을 버려라 · 146

18 풍요로운 의식을 만들어라 · 152

19 삶도 인력의 법칙을 따른다 · 156

20 부족하다는 생각을 버려라 · 161

21 사랑은 최선을 만드는 자석이다 · 165

22 긍적적인 사고만 받아들이는 수신기가 되라 · 168

23 침묵하고 소망을 향해 실천하라 · 171

24 지금이 시작할 때이다 · 174

25 먼저 작은 목표를 세우고 그것부터 이루자 · 178

26 모든 질병은 정신적 부조화의 결과이다 · 183

27 날씬하다고 생각하면 날씬해진다 · 188

28 진정한 자아를 찾아야 무한한 자원을 공급받는다 · 199

29 지금 화려하게 살고 있다고 상상하라 · 203

30 마법의 힘이 깃든 단어를 찾아라 · 206

31 내면의 힘을 찾아야 행복이 찾아온다 · 209

32 인생에서 가장 중요한 것은 생각하는 일 · 212

33 자연의 이치를 깨달아야 참자신의 모습을 만들 수 있다 · 216

34 경고 – 차근차근 전진하라 · 220

35 집중하여 훈련해야 큰 성과를 얻는다 · 224

36 오직 자신에게만 의지하라 · 227

원작자에 관한 이야기

머리말

> 문이야 있다지만, 열쇠가 있어야지,
> 나는 하늘을 향하여 소리친다.
> "어둠 속을 뚫고 힘겹게 전진하는
> 자녀에게 운명은 어떤 램프를 마련
> 해주지요?"
> "너 자신을 알고 이해하라!"
> 속삭이듯이 작은 목소리가 대답했
> 다.
>
> — 오마르에게 보내는 사과의 말

인류가 처음 지구상에 출현한 때부터 지금까지 사람들은 우주를 지배하는 강력한 힘을 느낄 수 있었고, 그 보이지 않는 힘의 정체와 쓰임새를 알고자 노력해왔다. 고대 중국, 신비의 나라 인도, 스핑크스의 나라 이집트에서는 선각자와 예언자들이 생명의 신비로움을 밝히고자 애를 썼다. 또한 오늘날까지도 사람들은 예수가 최후의 만찬에 사용했다고 하는 성배(聖杯)를 찾으려는 노력을 계속하고 있다. 이처럼 세계 곳곳에서는 과거 문명의 각 단계별로 흔적을 발견할 수 있다. 그러므로 역사는 진리와 자유를 향한 인간의 영광스런 갈망의 기록이라고 할 수 있다.

일찍이 원시인은 태양, 달, 별의 현상, 삶과 죽음의 신비에 두려움을 느껴 이해할 수 없는 초자연적인 현상을 신(神)의 탓으로 돌리는 원시적인 개념을 만들어냈다. 원시인들의 자취를 파고들어갈수록 그들의 이상(理想)이 점차 발달하는 지적 능력에 따라 변화해온 것을 알 수 있다. 오늘날 인류는 과거 걸출한 지성의 소유자들이 마련해놓은 지성의 토대 위에 서 있는 것이다.

우리는 지금 인류 역사상 문학과 예술이 최고로 발달한 시대를 살고 있다. 그리고 과학의 발달로 이제까지는 꿈도 꾸지 못했던 자원을 무한하게 이용할 수 있게 되었다. 계속된 발명으로 인류는 고된 육체노동에서 해방되었고, 상상을 비틀거리게 할 정도로 전기라는 엄청난 발명품이 출현하여 편리하고, 안락하고, 교육적 능력을 만끽하며 살고 있다.

요즘 사람들은 과거 어느 때보다도 삶의 의미가 무엇인지 궁금해 하고 있다. 이처럼 삶이 무엇인지 의문을 갖는 사람들이 있기 때문에 오늘날 우리가 문명을 누리고 살고 있는 것이라 하겠다. 요즘 사람들은 전보다 훨씬 더 똑똑해졌다. 그렇기 때문에 진리를 알고 싶어 하는 욕망도 그만큼 더욱 커졌다.

지금 우리는 개인적인 성장의 시기를 맞았다. 도대체 무엇 때문에 우리는 신비로운 생명과 자연의 구조 속에서 좌절을 겪으며 살아야 하는가? 우리는 각자 우주의 질서 속에서 자기 자신의 자리를 찾고 인생의 참된 의미를 깨달아야 한다. 즉 각자에게 주어진 운명의 열쇠를 찾아야 한다.

심리학을 통해 그 답을 얻을 수 있다. 정신 과학이야말로 삶의 본질을 파악하기 위한 과학이다. 과학의 표현방식은 공통적으로 인간의 정신에 기원을 두고 있기 때문이다. 지금까지 개인적, 민족적, 인종적인 진보는 정신의 영역 속에서 이루어져 왔고 앞으로도 그럴 것이다. 이에 따라 앞으로 인류 문명은 무기의 충돌이 아닌 사상의 충돌을 겪게 될 것으로 예상된다.

우리는 대부분 험난한 파도를 타고 표류하듯이 위험스럽게 살아가고 있다. 삶이라는 해도(海圖)에는 목적지가 없기 때문에 방향도 잡을 수가 없다. 삶은 우연히 부는 바람, 의심의 암초, 무지의 여울목에 의해 좌우된다. 누군가 인생을 끝마치기 전에 조금이라도 진보하게 된다면 그것은 그 사람이 무의식적으로 창조의 힘을 사용했기 때문일 것이다. 이 창조의 힘은 특별한 사람만이 얻을 수 있는 지식이 아니라, 모든 인간의 생득권(生得權 : 사람의 지식의 어떤 부분은 태어날 때부터 공통적으로 갖고 있으며, 또 모든 사람에게 똑같이 그 성질이 주어졌다는 권리—역주)이다.

목적 없이 표류하거나 에너지를 낭비하면서 고통을 당하는 삶을 살지 않으려면 삶을 지배하는 위대한 원칙을 깨우쳐야 한다. 삶에는 인과 관계라는 거대하고 오묘한 법칙이 작용한다. 그렇기 때문에 어떤 원인을 만들었느냐에 따라 고통과 빈곤으로 가득 찬 삶을 살 수도 있고, 기쁨과 성공으로 충만한 삶을 살 수도 있다.

우주에는 운이나 행운 따위는 존재하지 않는다. 모든 행위와 생각은 법칙의 지배를 받으며, 작은 행운이라도 그 이면에는 우리가 언제 어디선가 만들었던 원인이 자리 잡고 있다. 악운도 과거에 우리가 했던 언행으로 빚어진 것이다. 원인이 있으면 그에 따른 결과가 있게 마련이다. 뿌린 대로 거둔다는 말처럼, 과거의 언행으로 만들어진 결과를 피해서 살 수는 없다. 삶에는 정확히 맞아 떨어지는 인과응보의 법칙이 작용한다.

필자는 신비로운 동양의 종교 철학에서부터 명확하고 과학적인 현대 심리학에 이르기까지 여러 종류의 종교 및 철학에 대해 연구해왔다. 그리고 마침내 불변의 법칙을 찾아냈다. 영원히 변치 않으며 장엄한 침묵 속에서 존재하는 법칙 말이다. 인간의 생각은 의식적이든 무의식적이든 우주 법칙의 지배를 받는다. 이 법칙에는 예외가 없다.

우주의 법칙을 알고 그것을 유용하게 작동시키는 방법을 알면 인생에 큰 도움이 될 것이다. 이 책에서는 응용 심리학을 전개하면서 독자 여러분의 교육 수준에 관계없이 누구나 쉽고 편하게 읽을 수 있도록 평이한 용어를 사용했다.

나는 여러분이 이 책을 읽고서 성취, 번영, 우정, 기쁨으로 가득한 새로운 삶을 살아가기를 바란다. 이 책을 읽고 꾸준히 노력한다면 분명히 값진 결과를 얻게 될 것이다. 아무 생각 없이 책을 읽으면서 피상적인 지식만 갖추어서는 심리학의 귀중한 가치를 제대로 이해할 수가 없다. 면밀한 연구와 집중, 실천을 통해서 얻은 깨달음만이 진정으로 여러분에게 도움이 될 것이다. 독자 여러분이 이 책에 언급한 방법론을 충실하게 따른다면 지금까지 탐구해온 정신적, 물리적, 물질적인 소망을 모두 이룰 수 있을 것이라고 나는 확신한다.

― 베니스 J. 블러드워스

1 생각이 세상을 만든다

사람은 각자 자신의 세상을 만들어간다

인생의 핵심은 바로 '생각'이다. 생각하는 사람들이 세상을 지배해왔고, 앞으로도 그럴 것이다. 누구나 생각을 하지만, 창조적이고 건설적인 생각을 하는 사람들은 별로 없다.

사람들이 비참한 삶을 사는 이유는 생각 없이 살기 때문이다. 생각이 창조의 원동력이라는 것을 아는 사람은 극히 드물다. 사업, 문학, 철학, 과학 등 모든 분야에서 위대한 업적을 만든 것은 각고의 노력으로 세상을 이끌어가는 선각자들의 정신적 노력의 결정(結晶)이다. 내일의 빛나는 업적의 결과도 창조적이고 건설적인 오늘의 생각이 만들어낼 것이다.

똑같은 세상을 살면서도 사람들은 제각기 다른 생각 속에서 살아간다. 실패하는 사람이 있는가 하면 성공하는 사람이 있고, 아픈 사람이 있는가 하면 건강한 사람이 있으며, 불행한 사람이 있는가 하면 행복한 사람도 있다.

사람들은 보통 자신이 처한 상황을 행운이나 운명, 동료의 탓이라고 말한다. 정말 그럴까? 행운이나 불운은 모두 자기 자신에게서 비롯된 것이다. 인생이란 생각의 힘으로 결정되는 생각의 산물이기 때문이다.

사람들은 각자 자신의 세상을 만들어간다. 생각은 솜씨 좋고 활동력이 넘치면서도 억제할 수 없는 절대적인 힘을 가진 건설자이다.

생각을 어떻게 사용하느냐에 따라 우리는 인생에서 기쁨을 느끼거나 슬픔을 느낄 수도 있고, 평화나 심적 고통을 느낄 수도 있고, 성공하거나 실패할 수도 있다. 우리 앞에 일어나는 사건이나 조건은 단지 상대적인 요소일 뿐이다. 지금까지 살아오면서 겪은 모든 경험은 각자의 생각에 따라 스스로 만든 것이다.

생각이 빠진 세상이란 그저 외부적인 사실을 피상적으로 반영한 모습에 지나지 않는다. 현재 나의 건강이나 재정상태가 그리 좋지 않다면 그 원인을 내 안에서 찾아야 한다. 원인이 무엇인지, 어떻게 발생한 것인지를 따질 필요도 없다.

말로 표현하지 않아도 의식은 이미 그 원인을 알고 있기 때문이다. 그런 사람은 생각을 통해 자기 자신을 변화시키고, 향상시키며, 생활환경을 통제하고 운명을 바꿀 수 있다. 이것은 실현성 없는 이론이 아니라 긍정적으로 활용할 수 있는, 살아 있는 지식이다.

삶의 여백

우리는 모두 창조물입니다. 매일 아침 세상을 변화시킬 잠재력을 갖고 눈을 뜹니다. 우리는 숨을 쉬고, 말하고, 먹고, 잠을 잡니다. 좋아하든 말든, 우리는 창조자입니다. 우리는 창조할 것을 선택할 수 있습니다. 생명이나 죽음, 사랑이나 미움 등.

어떤 사람들은 삶이 눈뜨는 것을 무서워하고 있습니다. 그들은 창조의 두려움 속에서 계속 잠자고 있습니다. 그들은 스스로 창조하고 있다는 것을 전혀 깨닫지 못하고 있습니다.

오늘 뭔가를 창조하는 예술가가 되십시오. 아무리 작은 것을 만들지라도 창조의 과정 속에서 아주 큰 것으로 자라날 것입니다.

우주에는 하나의 법칙만 있다

인생에는 행운이나 우연한 기회 따위는 없다. 우리의 삶은 실질적이고 영원히 변하지 않는 원리인 법칙이 지배한다. 그것은 언제 어디서나 절대적이고, 말 없이 불변으로 작용한다.

인간의 행동을 예고하고, 정확히 예측하고, 생각을 측정해 주는 강력한 법칙! 그것은 특정한 개인에게만 유리하게 작용하는 일이 없으며 예외를 허용하는 일도 없다.

우주는 오직 법칙에 따라 존재한다. 자라나는 나무, 피어나는 꽃, 떨어지는 눈송이 하나하나에도 모두 우주의 위대한 법칙이 영속적으로 작용하고 있는 것이다.

식물계를 보더라도 우주에 자연 법칙이 존재한다는 사실을 인정할 수밖에 없다. 사람들은 태양, 달, 별, 파도 등이 모두 자연 법칙의 지배를 받는다는 사실을 알고 있다. 하지만, 자연과 마찬가지로 사람도 법칙의 지배를 받는다는 사실을 쉽게 받아들이지 못한다. 우주가 이토록 조화롭게 움직이고 있는 것은 나름의 법칙이 있기 때문이 아니겠는가? 법칙이 없다면 언제 해가 지고 계절이 변할 지 어떻게 알 수 있겠는가?

우주에는 단 하나의 법칙, 하나의 원리, 하나의 원인, 하나의 힘의 근원만이 존재한다. 법칙을 바꿀 수는 없지만, 이해, 협력, 생각을 통해 법칙과 조화를 이룰 수는 있다. 법칙이 우리와 더불어, 우리를 통해서, 우리를 위해 작용하게 할 수도 있다. 누구나 건강한 몸과 마음으로 풍요로운 삶을 누리고 싶어 한다. 진리를 깨닫고 존재의 법칙에 따라 살다보면 자연히 건강하고 성공한 삶을 살 수 있다. 사람들은 평화와 풍요, 가난과 질병이 모두 신의 섭리에 따라 짜여진 것이라고 생각한다. 그러나 진리를 깨달은 사람은 삶, 건강, 풍요는 우주의 자연스런 법칙이고, 자기가 갈망하는 일과 연결시켜주는 활동 원칙은 바로 마음속 생각임을 잘 알고 있다.

생각은 곧 사물이다. 생각은 감정적 반응을 불러일으키며 마음의 법칙과 더불어 움직인다. 모든 것이 마음의 작용인 생각에서 비롯되기에, 생각이 형태를 갖출 때 소망하는 바를 창조적으로 이룰 수 있다.

잠재의식이라고 불리는 우주 창조 법칙의 핵심이 있다. 우리는 언제라도 그 잠재의식을 이용할 수 있다. 사람은 잠재의식을 통해 자기 내면에 있으면서 우주 만물과 연결되어 있는 보편 법칙을 사용할 수가 있다.

법칙에 대한 믿음은 신에 대한 믿음과는 다르다. 인간의 삶은 영원히 법칙의 영향을 받을 수밖에 없다. 잘못된 신앙에 얽매여 살고 있는 사람들은 생각을 완전히 바꾸지 않으면 영원히 자유를 누릴 수 없다. 이것이 바로 "정신의 재생"이라는 의미이다.

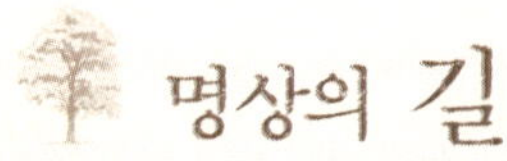

명상의 길

이 연습을 시작하기 위하여, 지금 당신의 삶 속에서 갖고 있는 관심을 생각하라. 아마 그것은 인간관계, 직업선택, 건강, 또는 어떤 정신적인 계발일지도 모르겠다. 답이 있든 없든 상관하지 말고 그 과제를 선택하라.

예를 들면 "지금 내 경력을 위한 최선의 선택이 무엇일까?" "내 건강을 증진하기 위해 어떤 단계를 밟을까?" "상사와 어떻게 효과적으로 관계를 나눌까?" 하는 식이다.

30분 동안 아무런 방해를 받지 않는 시간과 장소를 택하라. 당신이 좋아하는 편안한 음악을 들어도 좋다. 조용히 앉아서 눈을 감아라. 잠시 동안 당신의 숨소리에 초점을 맞춰라. 천천히 들어오는 숨소리를 느끼고 그리고 내보내라.

마음의 눈으로 편안하고 안락하게 느끼는, 좋아하는 장소를 그려라. 아름다운 목장의 나무 아래이거나, 바다 곁이거나, 졸졸 흐르는 개울 곁이거나, 특별한 방 안이거나, 더 매력적인 곳일 수도 있다. 더 깊게 색깔을 보아라. 당신이 그곳에 있는 것처럼 주변의 소리를 들어라. 이 신비한 장소가 불러일으키는 감정을 느껴라.

당신은 정신 속에 신성한 장소를 창조하고 있다. 어떤 안내의 형태로 앎이 다가오는 것을 상상하라. 그 연습의 처음에 당신이 만든 질문을 하라. 잠깐, 그대로 있어라. 그리고 당신의 모든 감각을 이용하라.

무엇을 느끼는가? 무엇을 감지하는가? 몸이 무엇이라고 당신에게 말하는가? 무엇을 듣는가? 무엇을 보는가? 무엇을 아는가? 다가오는 것이 어떤 형태이든 대답을 들어라. 올바른 길은 없다. 바로 그것이 당신의 길이다. 당신이 편안하게 느낄 때 눈을 뜨고 일상으로 돌아가라.

2 생각을 조종하라

집중의 힘이 명상이다

의식(意識)이란 무엇인가? 나는 독자 여러분이 이 '의식'이라는 단어의 의미를 제대로 이해하기를 바란다. 실제로 무언가에 대해서 알게 되더라도 그것을 의식의 한 부분으로 받아들이기는 쉽지 않다.

다음과 같은 상황에 대해 생각해보자. 선생님이 칠판에 장제법(長除法. 12 이상의 수로 나누는 나눗셈—역주)에 대한 예제를 쓰고 학생들에게 문제 풀이법을 설명한다. 학생은 선생님이 문제를 푸는 과정을 지켜보면서 문제 풀이 방법을 전부 이해했다고 생각한다.

장제법의 원칙은 이미 밝혀진 사실이기 때문에 문제 풀이는 그다지 어려울 것이 없어 보인다. 그러나 본인이 직접 문제를 풀고, 연구하고, 집중하지 않으면 그 예제를 풀 수 없다. 혼자서 문제를 풀다 보면 갑자기 어느 순간 '아! 그렇구나.' 하고 장제법의 풀이 원칙을 깨닫게 된다. 그것으로 수학의 장제법은 학생의 의식에 새겨지게 된다.

이 이야기를 통해 여러분이 알아야 할 것은 사물을 의식의 일부로 받아들이지 않고서도 지능적으로 인식할 수 있다는 것이다.

여기에는 이런 교훈이 포함되어 있다. 단지 자료를 읽는 것만으로는 아무런 도움도 되지 않고, 목적하는 것에 대한 합당한 해답도 얻을 수 없다. 의식의 한 부분으로 될 때까지 침묵 속으로 들어와 집중해서 풀어야만 진정 자기 것으로 소화할 수 있다는 것이다.

집중하려면 상당한 노력이 필요하다고 한다. 하지만, 꼭 그렇지는 않다. 재미있는 이야기를 듣다 보면 그 이야기 속에 푹 빠져들어 주위를 완전히 의식하지 못한다. 이 때가 바로 집중하고 있는 순간이다.

우리는 훈련을 통해 주위를 의식하지 않고 대상에 열중하는 방법을 익힐 수가 있다. 이러한 집중의 힘을 '명상'이라고 부르도록 하겠다. 매일 몇 분 정도 시간을 내서 생각을 모으고 자기 마음을 들여다보며 진리를 탐색하자.

명상하고 있는 동안에는 독특한 발현(發顯)을 기대하지 말아야 한다. 인위적으로 주변의 사물과 소리로부터 스스로를 차단시켜 몸과 마음을 편안하게 한 다음, 생각을 긍정적인 방향으로 인도하는 방법을 배우자.

삶의 여백

의식이 명상을 통해 내적인 지혜를 우리에게 전달할 수 있을까요? 이런 주제를 가지고 명상해 봅시다.

- 한 알의 씨앗을 심고 그 씨앗이 자라 커다란 참나무가 되는 것처럼 자신을 그려봅시다.
- 각각 나누어진 마음의 지혜와 머리의 지혜가 조화되는 것을 상상해봅시다.
- 빛의 근원이나 강의 잔물결처럼 자신을 그려봅시다. 그러면 당신이 얼마나 무한한지 알 수 있을 것입니다.
- 강물처럼 자신의 삶을 생각하십시오. 그리고 흙탕물로 시작해서 점점 맑은 물로 평온하게 흘러가는 것을 보십시오.
- 당신의 몸속으로 들어가 그들이 필요한 것을 말하게 하십시오. 당신의 정신, 몸, 마음이 말하는 것을 주의 깊게 들으십시오.

명상하는 방법

생각을 긍정적인 방향으로 인도
하려면 우선 자기 몸을 완전히 의지대로 통제할 수 있어야 한
다. 일단 아무도 방해하지 않는 곳으로 가자. 매일 30분 정도
편안하게 앉아서 근육의 긴장을 풀자. 행복한 기억을 마음껏
떠올리면서 몸 상태를 자기 의지대로 완전하게 통제할 수 있
어야 한다. 근심 걱정은 모두 털어 버리고 여유로운 가운데
'원하는 것은 무엇이든지 할 수 있다.'고 스스로에게 이해시
키자.

이렇게 매일 연습을 하다보면 언젠가는 완벽하게 자신을
통제할 수 있을 것이다. 처음 몇 번은 제대로 못할 수도 있다.
그러나 꾸준히 노력하다보면 몸 상태를 완벽하게 통제할 수
있다. 일단 몸을 완전히 통제하게 되면 지금까지 한번도 느껴
보지 못한 균형 상태에 이르게 된다. 이 때 새로운 힘이 온몸
에 퍼지는 것을 느낄 수가 있다. 여러분은 자신을 완전히 통제
한 사람만이 맛볼 수 있는 환희를 얻게 될 것이다.

다음 단계는 생각을 통제하는 것이다. 많은 사람들이 긴 시
간 동안 한 가지 주제에 대해서만 생각하는 것을 대단히 어렵
다고 한다. 생각은 한 주제에서 또 다른 주제로 넘나들고 싶어
하는 습성이 있기 때문이다. 하지만, 한 가지 주제를 선택해서
계속 생각을 모으다 보면 10분 정도는 충분히 집중할 수 있다.

생각을 통제하는 것이 쉽다고 하는 사람도 있고 어렵다고 하는 사람도 있다. 그러나 끈기 있게 노력하면 누구나 자신이 원하는 대로 생각을 통제할 수 있다.

몸과 마음이 조화로운 사람만이 효율적으로 생각을 통제할 수 있다. 그러므로 여러분은 무엇보다도 심신을 완벽하게 통제하는 법을 배워야 한다. 자신을 통제하지 못하면 삶의 조화를 기대할 수 없다. 자제심을 기르는 법을 배우면 건설적이고 조화롭게 생각할 수 있게 된다.

생각이 바로 유일한 실제이다. 우리가 현실이라고 부르는 모습은 생각이 겉으로 발현(發顯)된 것에 지나지 않는다. 따라서 생각이 변하면 그 생각이라는 법칙과 조화를 이루기 위해 모든 상황이 변할 수밖에 없다.

도시는 집, 궁전, 증기기관차, 성당, 거대한 교통의 흐름으로 가득하여 떠들썩하기 이를 데 없으나 생각이 결여되어 있다. 수백만 가지 생각의 흐름이 하나로 엮여 거대한 생각의 영혼을 이루고 벽돌, 철재, 연기, 먼지, 궁전, 의회, 버스, 부두 등 온갖 사물에 구현된다. 누군가 벽돌 제조에 대해 생각해보지 않았다면 벽돌은 만들어지지 않았을 것이다.

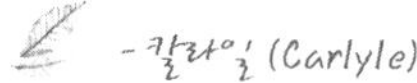
- 칼라일 (Carlyle)

명상의 길

　이번에는 판에 박힌 생활 등 제거하기 싶은 것이다. 이렇게 해보라. 자신에게 물어라. "이 상황에서 가장 완전한 결과가 무엇일까?", 또는 간단히 "난 무엇을 원하지?" 당신이 원하는 것에 대해 문장으로 써라. 그것을 어떻게 얻을지는 생각하지 마라. 그것은 당신의 자아가 작업할 것이다.

　눈을 감아라. 좌절을 일으키는 상황을 간단히 마음으로 불러라. 그 다음 당신이 원하는 결과를 마음 속으로 불러라. 이 완전한 결과를 영상화하는 짧은 시간을 가져라. 만일 당신이 원하는 것을 얻는다면 어떤 기분일지 경험하라. 이 이미지를 그릴 때 그런 감정을 느껴라. 당신의 이미지에 약간의 말을 보태라. 무엇이든지 당신을 위해 작용하는 것을 사용하라. "아, 멋져." "굉장해!" 당신을 축하하는 당신의 친구와 가족을 상상하라.

　당신의 마음에게 물어라. "이런 일이 일어날 수 있도록 지금 당장 할 수 있는 것이 어떤 것이 있을까?" 그리고 대답을 기다려라.

　편안하다고 느낄 때 눈을 떠라. 간단한 아이디어, 생각, 또는 당신이 가졌던 인상을 노트나 종이에 적어라.

　당신이 생각한 것이 감정을 만들었다고 간단히 움직이지 마라. 다만, 재미있다는 느낌을 가져라. 당신의 마음은 환경과 당신의 목표를 함께 창조하는 결과를 가져오게 할 것이다.

3
생각의 힘은
위대하다

정신은 의식과 잠재의식이라는 두 가지 심적 상태를 갖고 있다.

의식은 인지, 추론, 판단, 거부 같은 부분을 담당하고 있다. 의식의 작용으로 우리는 생각하고, 인지하고, 결심하고, 선택할 수 있다. 의식을 통해 몸의 각 부분을 인식하고, 오감(五感)

모든 사람들이 알고 있듯이 참된 기적은 자연의 법칙을 거스르는 사건이라고 언제나 정의하고 있습니다. 반면에 양자 물리학은 바람과 의도로 물질세상을 바꿀 수 있다는 것을 증명해왔습니다. 그것으로 도달할 수 없는 별에 도달하여 의미를 만들고 기적을 창조할 수 있게 되었습니다.

우리는 모두 자신의 잠재력을 모르고 있습니다. 우리는 모두 의식과 잠재의식을 갖고 있기 때문에 기적을 창조할 수 있는 능력이 있습니다. 우리가 새로운 높이에 도달할 때 우리는 차이를 만들 수 있고, 기쁨도 창조할 수 있고, 우리 자신과 다른 사람에게 경이로움을 줄 수 있습니다.

우리가 바라는 기적은 물리적인 삶의 변화만이 아니라 삶의 경험을 변화하는 것입니다. 우리가 평화, 사랑, 행복을 창조하기 위해 준비할 때 진실로 기적이 일어날 것입니다.

에 반응한다.

의식은 인간의 정신세계에서 가장 높은 위치를 차지하고 있다. 의식은 오감(五感)을 통해 들어온 눈에 보이는 세계에 대한 정보를 받아들인 다음 판단을 내린다. 따라서 우리의 운명도 의식이라는 문을 통해 들어오는 것이라 하겠다.

의식적이고 창조적이며 건설적인 생각, 지혜, 지식, 이해가 마법의 현관을 통해 들어왔을 때 이 멋진 선물을 어떻게 다룰 것인지는 우리 자신에게 달려 있다. 건강, 부, 행복, 젊음은 빛나는 옷자락을 끌며 의식의 경계를 가로질러 우리에게 도달하고 우리의 몸과 주변 환경을 만든다.

이와는 달리, 증오, 질투, 근심, 나약함, 두려움과 같은 부정적인 요소가 의식을 사로잡고 있다면 마법의 현관은 절망의 철문이 되고 만다. 그리고 빈곤, 질병, 불행이 누더기를 끌고 우리의 삶으로 들어오게 될 것이다.

인류는 꽤 오랜 세월 동안 존재해왔다. 그럼에도 생각의 힘이 얼마나 위대한 것인지를 깨닫지 못했다. 이는 참으로 이해할 수 없는 일이다. 전 세계의 종교와 철학이 설파하고 있는 바가 바로 '위대한 생각의 힘'에 관한 것인데도 말이다.

> 이 땅은 천국으로 가득 차 있으며 덤불마다 신의 불꽃이 타고 있네. 그러나 오직 볼 줄 아는 자만이 신발을 벗으리.
>
> — E. B. 브라우닝 (E. B. Browning)

걸으면서 명상하기

이것은 정말로 화가 나거나 무슨 일로 흥분하고 있다면 특별한 도움이 될 수 있다. 조용히 걸을 수 있고 방해 받지 않는 숲이나 자연적인 환경이 있는 장소를 선택하라. 현재에 초점을 맞춰 자신을 고요히 하라. 모든 감각을 이용하라. 그리고 당신 주변에서 어슬렁거리는 모든 것을 관찰하라. 공기 속의 향기, 새들의 소리, 살갗에 느끼는 바람을 깨달아라. 당신이 느끼는 것으로 향하라. 마음이 고요해지면 당신의 정신적 평화를 방해했던 것들을 생각하라. 그 내용을 질문으로 만들어 자신에게 물어라. 그리고 계속 걸으면서 그 대답을 들어라.

일지에 쓰면서 명상하기

쓴다는 것은 종종 명상의 멋진 형태이다. 맞춤법이나 문장의 실수에 신경 쓰지 마라. 당신의 목표는 단어로 그저 푸는 것이다. 만일 당신이 어떤 특별한 문제에 대하여 안내를 받기 원한다면 이것을 시도하라. 30분 정도 하여라. 그리고 대답에 대한 당신의 마음을 요청하라. 나는 이런 식으로 쓸 수도 있다. "…에 대하여 어떻게 해야 할까?" 또는 "…에 대한 최선의 실천 과정은 무엇일까?" 대답이 검열 받지 않도록 하라. 느끼는 대로, 마음에 떠오르는 대로 써라. 그날 밤 집에 돌아가서 당신에게 생겼던 것을 평가하라.

4 잠재의식이란 무엇인가?

위인들도 여러분과 같은 시절이 있었으니, 오늘날 칭송받는 자들도 한 때는 방황하고 실수를 거듭 했다.
그들은 두려움에 떨며 충분히 가능한 일도 지레 겁을 먹고 시도조차 하지 않았다.
그러나 생각을 굳건히 한 끝에 자신을 단련할 수 있었다.
두려움을 극복하고 성공하여 명성을 얻게 된 것이다.
당신도 그들처럼 할 수 있다.

— 에드가 게스트
(Edgar Guest)

잠재의식은 생각의 힘으로 작용한다

잠재의식은 소화, 흡수, 배설, 심장박동, 혈액 순환, 성호르몬 분비 등 신체의 무의식적인 과정에 모두 관여하고 있다. 잠재의식은 우리 몸을 구성하고 유지하며 상한 곳을 고치고 활동하게 한다. 순간마다 발생하는 세포 생성도 잠재의식의 지배를 받는다.

잠재의식 중 하나에 희망이란 것이 있습니다. 희망은 우리를 회복합니다. 희망은 우리들 각자의 차이를 만들고 시간과 함께 변화를 만듭니다. 희망은 우리가 미래에 도달할 수 있게 힘을 줍니다. 만일 병이 낫는다는, 사랑하는 연인을 만난다는, 승진하거나 성공한다는, 좋은 집이나 옷, 자동차를 가질 거라는 희망이 없다면 계속 살아갈 이유가 없겠지요. 말기 암 환자에게 '당신은 치유할 희망이 없다'고 말한 뒤 몇 분 만에 죽은 사람이 있다는 의사 친구의 말을 들은 적이 있습니다. 희망 속에는 도전과 바람이 있습니다. 희망은 성스러운 동기부여자입니다. 희망의 새가 당신의 삶의 나뭇가지에 앉아 노래하는 것을 그려보십시오.

우리는 잠재의식의 작용에 너무나 길들여져서 정신의 무의식적인 측면을 전혀 인식하지 못한다. 과학자들 역시 인간의 정신에 의식적인 측면과 무의식적인 측면이 있다는 사실을 오랫동안 구별하지 못했다.

그러나 오늘날 과학자들의 거듭된 연구를 통해 세포 재생이 두뇌의 중앙정보체계, 즉 잠재의식의 지배를 받는다는 학설이 사실로 밝혀졌다. 우리가 깨어 있거나 잠들어 있거나 심지어는 마취 상태에 있을 때에도 잠재의식은 계속해서 몸을 구성하고 곳곳에 영향을 미치고 있다는 것이다. 잠재의식은 늘 의식의 지배를 받으며 작용한다.

잠재의식은 기억의 저장소이며, 습관 및 본능이 자리 잡고 있는 곳이다. 또한 감정의 중심 역할을 한다. 그 작용은 자동적으로 이루어진다. 잠재의식은 순전히 생각의 힘만으로 사물을 존재하게 하는 놀라운 정신 작용이다. 우리는 영적인 영역에 속하는 잠재의식을 통해 신에게 닿을 수 있고 우주를 구성하는 영원한 힘과 관계를 맺을 수도 있다.

잠재의식은 보편 정신의 일부이다

잠재의식은 몸을 성장시키고 아픈 곳을 낫게 해주는 지식과 힘을 갖고 있다. 또한 그것은 보편 정신(Universal Mind)의 일부이기 때문에 실로 무한한 자원과 그것을 명령하는 힘을 갖고 있다.

융 박사*(Carl Gustav Jung)의 주장에 따르면 잠재의식 속에는 개인이 과거의 삶을 통해 수집한 데이터뿐만 아니라 까마득한 과거로부터 이어져 내려온 인류의 지혜가 모두 담겨 있다고 한다. 그리고 잠재의식 속에 들어 있는 지혜와 힘에 의존하면 인생의 좋은 측면을 한껏 누릴 수 있다고 한다.

---

* 칼 구스타프 융은 1875년 7월 26일 스위스 투르가무르에서 태어났다. 처음에 프로이드의 <꿈의해석>을 읽고 크게 감명을 받고 서로 교류하다가 1907년 비엔나에서 만났다. 1909년 국제정신분석학회 회장직을 역임하다가 1913년 프로이드와 의견충돌로 사회적 지위를 모두 버리고 오로지 연구에만 몰두하였다. 그는 인간의 의식세계를 의식세계와 무의식세계로 나누고 프로이드와 달리 인간의 무의식세계를 집단무의식세계와 개인무의식세계로 다시 나누어 인간 정신 세계를 논한다

인간은 잠재의식의 힘을 깨닫지 못했기 때문에 자기 내면에 있는 위대한 힘을 사용하지 못한다는 것이다. 잠재의식이 존재한다는 사실을 알지 못하고, 그 힘에 대해서도 전혀 모르기 때문에 사람들은 인생에서 실패를 겪는다.

사업을 꾸려나가거나 일상적인 문제를 처리할 때 지혜를 얻기 위해 잠재의식에 의지하는 것은 매우 좋은 방법이다. 실제로 문제를 잠재의식에 전적으로 맡겨 버림으로써 문제가 해결되는 것을 볼 수 있었다.

잠재의식은 생각(思考), 추론, 비교평가, 판단, 거부 같은 의식 작용과는 구별된다. 선악의 구별도 없고, 건설적이든 파괴적이든 관계없이 의식을 통해 들어온 모든 암시를 무조건 수용한다. 여기에 강력한 의식의 힘이 작용한다. 잠재의식은 개념이나 신념을 일정한 패턴으로 수용하여 그 개념과 신념을 실제로 현실에 만들어내는 작용을 한다.

생각을 할 때 의식적인 추론이 전개되기 전에 이미 잠재의식이 유전적인 패턴, 또는 생득적(生得的 : 태어날 때부터 갖고 있는 성질-역주) 행동 성향에 따라 작용한다. 어린 시절에 하는 잠재의식적 행동은 유전이나 환경적 요구에 따른 결과이다. 나이가 들어서도 잠재의식의 무한한 힘을 깨닫지 못하면 별다른 발전을 기대할 수 없다. 무의식적으로라도 잠재의식의 힘에 의존하는 사람들은 대부분 행복한 삶을 살아간다.

어린 시절에 겪은 여러 가지 경험이 잠재의식 속에 흔적을 남기고, 어린 시절의 행동 성향이 미래 행동의 기반이 된다. 따라서 의식적으로 초기의 잘못된 행동 성향을 바꾸지 않으면 나이가 들어서도 성공하는 삶을 기대할 수 없다.

의식 속에 어떤 생각을 들어오게 할 것이냐를 결정하는 것이 바로 추론의 힘이다. 특정한 개념이나 생각을 사실로 받아들이면 그것은 잠재의식으로 전달되고, 물리적 조건 및 주변 환경에 따라 외부로 나타난다. 의식이 우리의 운명을 결정한다고 해도 과언이 아닌 것이다. 따라서 건강과 환경을 조종하려면 우리는 먼저 생각을 조종해야만 한다.

주의 : 대부분의 작가들은 '초의식(超意識 : superconscious mind)' 에 대해 언급하면서 내적 완성에 여러 등급을 나누고 있다. 하지만 '초의식' 이 우리가 의식하지 못하는 모든 의식을 망라하는 개념이라는 것을 감안하면 좀더 쉽게 이해할 수 있으리라고 본다.

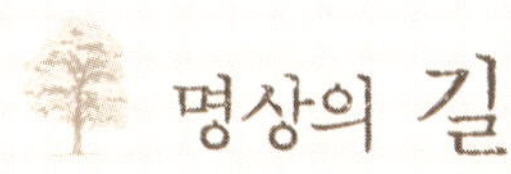

명상의 길

　당신이 어떤 일에 관해서 행복하거나 그것을 생각하면서 즐거워할 때 그것은 무의식이 "이것을 더 하라!"라고 지시하는 메시지이다.

　당신을 즐겁게 보이거나 기쁜 삶으로 보이게 하는 것은 무엇일까?

　눈을 감고 이런 삶을 살아가고 있는 자신을 상상하라. 할 수 있는 대로 많이 이미지에 감정이나 느낌을 가져라. 이상적인 삶을 드러내는 능력은, 당신이 창조하기를 바라는 긍정적인 에너지를 느끼는 능력과 많은 관계가 있다.

　현재 당신이 이상적인 삶을 어떻게 창조할지 생각하지 마라. 당신의 상상, 영상, 그것을 느낀 대로, 당신이 바라는 것에 이끌리기 시작한 우주에다 에너지 진동을 보내고 있다고 믿어라.

　어떤 부정적인 생각이나, 당신이 사랑하는 삶을 살아가기를 상상할 때 일어나는 감정이 있다면 감지하라. 이것이 또한 무의식이 돕는 정보이다. 그리고 당신이 부딪치고 있는 저항의 영역에 지시할지도 모른다.

　이 연습을 매일하면서, 잠깐 시간을 가져라. 그러면 당신의 삶을 더욱 중진시킬 마음속의 갈망을 발견할 것이다.

5 '나'도 보편정신의 부분이다

잠재의식과 보편정신은 동일하다

보편 정신(Universul Mind : 정신외부에 존재하는 대상은 개체적이고 무수하지만 정신 내에 있는 대상은 단일하고 보편적이라는 주장)은 모든 만물이 생겨나는 근원이다. 생명이 있는 곳에는 반드시 생명의 근원이 있고, 사랑이 있는 곳에는 반드시 사랑의 근원이 있다. 지혜, 지성, 건강, 행복과 기타 물질적인 것도 반드시 근원이 있다. 찰스 하날(Charles Hanall)은 그의 저서 《새로운 심리학(New Psychology)》에서 다음과 같이 언급했다.

'보편 정신이란 힘과 형태의 실체이며, 모든 존재의 이면에 존재하는 본체이다. 일정한 법칙에 따라 보편 정신은 현실에 존재하는 사물을 만들어낸다. 따라서 세상에 존재하는 것은 모두 보편 정신이 구현된 실체이며 본질적으로 동일한 것이다.'

물리학자 허버트 스펜서(Herbert Spencer)도 찰스 하날과 비슷한 말을 했다. 스펜서의 말을 인용하면 다음과 같다.

'세상의 모든 수수께끼 중에서 가장 분명히 알 수 있는 것은 우리가 무한하고 영원한 에너지에서 비롯된 존재라는 사실이다.'

또한 성경에도 다음과 같은 구절이 있다.

'우리는 그분 안에서 살고 움직이며 존재한다.'

인류는 지구상에 처음 등장한 순간부터 우주를 지배하는

거대한 힘을 인식해왔다. 세상 만물은 보이지 않는 거대한 힘을 통해 창조되었다. 어떤 이들은 그 힘을 의인화하여 신(神)이라고 칭하기도 했다. 우주에는 단 하나의 원칙, 권한, 존재가 있으며, 그 전지전능한 존재가 바로 신이자 선(善)이라는 것이다. 우리는 이 점을 분명하게 이해해야 한다.

개인의 잠재의식과 우주의 보편 정신은 단지 규모가 다를 뿐 본질적으로는 동일하다. 인간은 개별화된 영(Spirit : 마음, 정기)이며, 인간과 보편 정신의 관계는 햇살과 태양의 관계와 같다.

생각의 힘은 매우 찬란하고 창조적이다. 생각은 정신적인 활동이다. 영(Spirit)이 갖고 있는 유일한 힘은 바로 생각이다. 영은 창조적이다. 그러므로 생각 역시 창조적인 속성을 가지고 있다.

당신의 영이 바로 당신 자신이다. 그러므로 영이 없으면 우리는 존재할 수 없다. 생각 과정이 영의 지배를 받는다는 사실은 다들 알고 있지만, 지금까지 우리는 이처럼 중요한 사실을 간과하며 살아왔다. 영이 보편 정신의 창조적 원칙과 관련되어 있다는 점도 깨닫지 못했다.

우리는 이 땅에 영(정기 : spirituality)을 가져와 우리의 삶의 한 부분으로 만들 필요가 있습니다. 어떤 의미에서 우리의 삶은 종교적입니다. 마더 테레사(Mother Teresa)는 "근본적인 것은 우리가 말하는 것이 아니라 신이 우리를 통하여 우리에게 말하십니다. 우리가 말하는 모든 것이 우리들 자신의 내적에서 오지 않는 한 아무 쓸모없는 것이지요."라고 말했습니다.

만일 우리의 행위가 신을 위한 사랑으로 가득하다면 우리는 모든 일이 잘 될 것입니다. 우리가 사랑에서 벗어날 때 믿음은 떠납니다. 영의 근원인 사랑이라는 하나의 종교만이 존재합니다. 오늘 그 근본과 결합해 보십시오. 그리고 사랑의 여행을 시작해 보십시오.

생각은 보편정신과 이어주는 끈이다

그러면 '나'라는 존재의 실체는 무엇일까? 이에 대해 잠시라도 좋으니 생각해보자.

'나'를 존재하게 하는 것은 육체도 의식도 아니다. 정신과 육체는 '나'라는 존재가 사용하는 도구에 불과하다. 정신과 육체를 통제하고 명령을 내리며, 무엇을 어떻게 해야 하는지를 결정하는 존재가 바로 '나'인 것이다. 실질적으로 '나'는 영원한 존재이며 보편 정신의 일부이다. 바다에서 물을 떠서 컵에 담았을 때 컵 속에 담겨 있는 물이 여전히 바닷물이듯이 '나'

라는 존재도 보편 정신의 일부인 것이다.

‘나’라는 실체를 완전히 깨닫게 되면 여러분은 자기 자신에 대해 부정적인 생각을 가질 수가 없다. 습관, 성격, 기질이 어우러져 한 사람의 개성이 되지만, 그것은 결코 고정된 것이 아니다. 그리고 우리 안에 들어 있는 참된 자아(自我)와는 아무 관계도 없다. 잠재의식이야말로 참된 ‘자아’이다. 오직 잠재의식만이 보편 정신과 연계하여 물리적 상태와 환경에 변화할 수 있는 힘을 갖고 있다.

‘생각’은 우리 자신과 보편 정신을 이어주는 끈이다. 이 사실을 잊어서는 안 된다. 현재 우리의 모습은 보편 정신이 물리적 형태로 나타난 것이다. 나타난 현상은 생각의 결과물이다.

생각을 통해 모든 것이 만들어지므로, 생각을 조종할 수 있다면 결과도 조종할 수 있다. 건강, 행복, 번영이라는 삶의 결과도 우리가 충분히 조종할 수 있는 것이다. 이런 진리를 이해하고 자신과 전지전능한 존재와 연계할 수 있다는 무한한 가능성을 깨닫는 순간, 여러분은 ‘하늘이 바로 우리 안에 있다(人內天).’라는 말의 의미가 무엇인지 알게 될 것이다.

새로운 아이디어가 어렴풋이 떠오를 때 그것을 전체적으로 이해하지 못하는 경우가 많다. 마찬가지로 의식은 생각을 집중시켜야 현상을 이해한다. 진리를 깨닫기 위해서는 흐트러진 정신을 하나로 모아야 한다. 생각의 힘으로 현재 마음속에서 간절히 원하는 꿈을 실현할 수 있다. 하지만, 생각의 힘을 단순히 꿈을 실현시키는 기적의 지름길 정도로 가볍게 생각해서는 안 된다.

우리는 누구나 심리학이라는 지름길을 통해 행복이나 자유, 성공을 얻을 수 있다. 그러나 스스로 노력하고 집중해서 연구를 해야만 그 길을 찾아낼 수 있다. 침착하게 의식을 모으고 깨달음을 얻기 위해 노력해야 한다. 어떤 사람이 다른 사람에게 물건을 전달할 때는 큰 힘을 사용할 필요가 없다. 하지만, 삶의 지혜는 누가 나에게 쉽게 전달할 수 있는 것이 아니다. 그러므로 지혜를 얻으려면 스스로 노력을 기울여야 한다.

사람들은 각자 자유롭게 적당한 방식을 선택하여 자신을 표현한다. 이때 주변 사람들과 조화를 이룰 수 있도록 건설적인 방향으로 자신을 표현해야 한다. 슬픔, 병, 빈곤은 인생에 아무런 보탬이 되지 않는다. 우리가 그동안 진리를 모르고 살아왔기 때문에 빚어진 결과물이다. 현재 처해 있는 상황이 별로 좋지 않다면 생각의 방향을 바꾸고 인생관에 변화를 주자. 그러면 여러분 앞에 전혀 새로운 세상이 펼쳐지게 될 것이다.

진실로 원하는 해답을 찾아낼 수 있는 지혜를 기르고,
지혜가 명령하는 바에 따라 실천할 수 있도록 결심을 강건하게 하라.

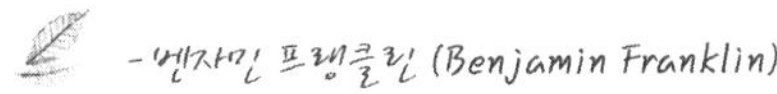

- 벤자민 프랭클린 (Benjamin Franklin)

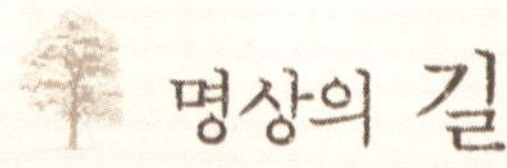

명상의 길

잠시 동안 돈의 주제에 대해서 생각하라. 당신이 더 돈을 갖고 싶다면 당신이 갖춰야 할 라이프스타일이나 사고 싶은 것을 스스로 상상하도록 하라.

숨을 깊게 들이쉬고 안정을 취한 뒤 멈춰라.

당신이 그것을 생각할 때 어떻게 느끼는가? 절망으로 기분이 가라앉는가? 아니면 그 아이디어가 당신을 흥분시키고 에너지가 넘치는 희망으로 만드는가?

당신의 대답은 돈에 대한 당신의 신념과 당신이 바라는 것을 자석화 하려는 것이다. 당신이 돈에 대해서, 그리고 돈 벌기를 바라며 생각할 때 부정적이거나 가라앉는 감정이 되는가? 또 돈에 대해서 생각할 때 어떤 생가과 신념을 갖게 되는가?

6 자기 암시로 환경을 바꿔라

눈에 보이는 현상의 원인은 생각이다

생명, 사랑, 지혜, 권한, 건강, 풍요를 종합적으로 하나로 묶은 것이 바로 보편 정신이다. 인간은 이와 같은 보편 정신이 가진 속성을 구체화한 도구라고 할 수 있다. 우주법칙의 속성이 완벽하게 물질적으로 만들어진 것이 인간이다. 보편 정신이 인간이라는 몸을 빌어 세상에 존재하는 것이다. 세상에서 가장 유명한 음악가라고 하더라도 장단이 맞지 않는 악기(도구)를 가지고서는 멋진 음악을 연주할 수 없다. 인간(도구)도 마찬가지여서 살면서 좋은 결과를 얻으려면 우주의 보편 정신(Infinite Mind)과 조화를 이루어야 한다.

보편 정신과 조화를 이루려면 정신이 바로 실체이며 '생각'이 모든 존재의 이면에서 작용하는 에너지라는 점을 깨달아야 한다. 근본적인 생각은 의식의 산물이 아니라, 잠재의식의 산물이기 때문에 정신적인 부문에 속한다. 존재하는 것은 모두 생각에서 시작되었다. 원시인의 돌도끼에서부터 현대인의 최신 모델 비행기에 이르기까지 인류가 밟아온 진보의 산물은 모두 생각에서 시작된 것이다.

우리들 대부분은 아무것도 성취하지 못한 오늘에 대한 변명으로 고통스런 과거를 말하곤 합니다. 고통이 인생의 흐름을 막는 장벽처럼 행동하거나 존재 자체에 흉터를 남기는 화상이 되기도 합니다. 또는 당신을 움직이는 에너지와 정열로 고통을 이용할 수도 있습니다. 어떻게 이용하느냐 하는 선택은 오직 우리들 자신의 것입니다. 장벽을 헐고 흐름을 터서 당신을 전진시키는 자유스런 물로 이용하십시오. 장벽을 허무는 용기를 가지십시오. 그리고 전진하십시오. 미래를 창조하는 것이 과거를 부끄러워하는 것보다 쉽다는 것을 믿으십시오.

현상과 사물은 관념적인 영역에서 시작되어 실체적인 모양으로 나타난다. 눈에 보이지 않는 부분은 '원인' 의 영역이고, 눈에 보이는 부분은 '결과' 의 영역이다.

인류 역사를 통틀어 가장 위대한 발견은 눈에 보이는 현상의 원인이 바로 생각이라는 것, 그리고 인간이 생각을 통제할 수 있다는 것이다. 이러한 진리는 마치 '황금 실' 처럼 세계 역사 속에 등장하는 모든 종교와 철학을 아우르고 있다. 예언자와 선지자들은 우화, 노래, 이야기라는 형식을 빌려 진리를 설파해왔다.

알라딘과 요술 램프에 대한 이야기는 과연 무엇을 뜻하는 것일까? 그 이야기의 본뜻은 우리 모두가 각자 원하는 대로 인생을 조절할 수 있는 힘을 내면에 가지고 있다는 것이다. 알라딘이 요술 램프만 문지르면 엄청난 힘을 가진 요정 지니가 나타나서 알라딘의 부름에 응한다. 그리고 결국 알라딘은 소원대로 행운, 명성, 권력, 아름다운 공주를 모두 얻게 된다.

램프는 인간의 의식을, 램프를 문지르는 행위는 삶에 대한 이해를, 요정 지니는 여러분 안에 잠재되어 있는 거대한 힘, 즉 잠재의식을 상징한다. 우리는 내재되어 있는 잠재의식을 자각하고 그 힘을 발휘하기만 하면 된다. 잠재의식을 일깨우고 그 힘을 제대로 사용하기만 한다면 지금껏 간절히 바라왔던 일을 모두 실현할 수 있는 것이다. 보편 정신이 추구하는 방향대로 잠재의식을 활용하면 어떤 종류의 꿈이든 현실로 만들 수 있다.

자신과 주변을 빠르게 변화시키려면 확언하라

몸과 주변 상황을 변화시킬 수 있는 힘이 내 안에 있다는 사실을 자각하자. 그리고 생각과 착상(着想)의 방향을 바꿔보자. 현상에 대한 근심걱정을 털어버리고 상상력을 발휘하면서 새로운 착상을 해보자. 그러면 여러분의 마음 상태에도 변화가 생길 것이다.

마음을 바꿀 수 있는 가장 빠르고 좋은 방법은 바로 강력한 '확언(確言 : 자기암시)'을 이용하는 것이다. '확언'이란 필요할 때마다 결심을 반복해서 침묵 속에 집중하여 잠재의식에 새기는 행동이다. 즉, '나는 건강하고, 강하고, 젊고, 에너지가 넘치고, 애정이 풍부하고, 화목을 추구하고, 성공적인 삶을 살며 행복한 사람이다.'라는 말을 자신에게 반복하는 것이다. 이것은 매우 건설적이고 효과적인 방법이다.

여러분의 현재 성격을 구성하고 있는 것은 과거에 만들어진 여러 가지 생각, 믿음, 습관 등이다. 성격은 잠재의식에서 비롯된 것이며 현재 여러분의 건강상태, 마음가짐, 재정 상태의 원인이 된다. 자신이 처한 조건과 환경에 변화를 주고 싶다면 확언을 해보자. 반드시 효과를 거둘 수 있을 것이다.

의식적으로 반복해서 확언을 하다보면 잠재의식은 그 말을 하나의 패턴으로 인식하고 받아들여 현실화시킨다. 현재 여러분이 처해 있는 상황은 과거에 생각했던 바가 결과로 나타난 것이다. 그러므로 오늘 생각하고 있는 바가 바로 미래의 모습이 되는 것이다.

펜실베이니아 주지사가 연설하는 도중에 앞으로 25년 후 미국의 모습이 어떻게 될 것 같으냐는 질문을 받은 적이 있다. 그는 이렇게 대답했다.

"현재 미국을 지배하고 있는 생각이 무엇인지 안다면 25년 후 미국의 모습도 알 수 있겠지요."

개인도 국가와 마찬가지이다. 마음속을 가득 채우고 있는 생각이 자기 몸과 주변 환경에 그대로 만들어진다. 따라서 자신이 미래에 어떤 모습을 하고 있을지는 전적으로 현재의 자기 자신에게 달려 있다.

미래의 모습을 예측하는 일에 현재의 상황은 그다지 중요하지 않다. 상황은 충분히 바꿀 수가 있고, 현재 생각하고 있는 바에 따라 미래가 만들어지기 때문이다. 보편 정신의 창조력은 무한하다. 그 힘은 시대를 통틀어 영원히 누구에게나 똑같이 적용된다. 그리고 그것은 정확히 우리가 지금까지 생각해온 것을 만들어간다.

운명은 잠재의식의 행동으로 만들어진다

　　　　　　　우리는 잠재의식이나 보편 정신
과 연계되어 있는 내적 자아의 존재를 무시해버릴 수도 있다.
하지만, 잠재의식은 영원히 존재의 근거이다. 광대한 자연의
파노라마 이면에 존재하는 지성은 동식물의 세계를 발전시켜
나간다. 보편 정신이라고 하는 지성(知性)이 여러분의 삶을 관
장하는 지혜롭고 강력한 힘이다.

인간은 보편 정신이 가장 높은 수준으로 만들어낸 생명체
이다. 자신의 불행한 처지에 대해 신을 원망하는 사람들이 많
이 있다. 그러나 인생의 성공과 실패, 행복과 불행을 빚어내는
것은 자신이기 때문에 결과에 대한 전적인 책임도, 결국 사신
이다. 인간은 스스로 자기 모습을 만들어 가며 인격과 성격,
주변 환경을 창조하는 작은 창조주이기 때문이다.

운명은 인간의 잠재의식의 행동으로 만들어진다. 우리는
환경의 노예가 아니라, 스스로 운명을 만들어내는 창조주이
다. 그러므로 우리는 언제라도 새로운 출발을 할 수 있고, 잠
재의식의 느낌을 변화시킴으로써 새로운 환경을 만들 수 있
다.

50

지금까지 늘 실패를 마음에 담고 살아왔다면 이제부터는 성공을 꿈꿔라. 병들고 나약한 생각은 버리고 건강한 생각만 하며 살아라. 불행한 삶을 살게 된 이유가 있다면 그것을 과감히 마음속에서 지워버려라.

유유상종(類類相從)이라는 말도 있듯이 같은 것들끼리는 서로 끌어당긴다. 부정적인 생각은 많이 할수록 좋지 않은 일들이 더욱 자주 일어나게 된다. 오직 자신이 원하는 것만 생각을 집중하자. 잠재의식 속에 자신이 원하는 바를 각인시켜야 하기 때문이다. 특히 부정적인 상황에 대해서 오랜 시간을 두고 생각하는 일이 절대로 없어야 한다.

부정적인 것을 오래 생각하다 보면 자신도 모르게 잠재의식 속에 그 생각이 스며들어 그대로 이루어질 수 있기 때문이다. 그래서 골프코치들은 선수들에게 공이 벙커로 들어가는 생각을 절대로 하지 못하도록 가르친다. 장애물에 빠지는 생각을 하면 정말 장애물에 빠지기 때문이다.

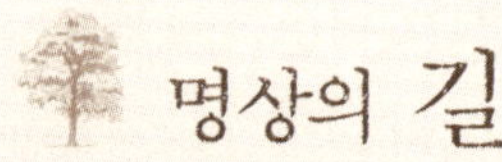

명상의 길

당신이 더 부자가 되고 싶다면 이런 실험을 해보라. "경제적 감사"에 초점을 맞추기 시작하라. 당신이 돈에 대해, 또는 경제적인 부의 부족에 대해 자신이 불평하고 있는 순간을 발견했다면 멈춰라. 이제 당신이 갖고 있는 모든 것에 주의를 집중하라. 만일 당신이 아주 가난하고, 어떤 때를 위해 당신의 부족에 초점을 맞춰 왔다면 이것은 잘못된 지시일지도 모른다. 하지만, 시작이 중요하다.

자신의 감정이 두렵고 근심스러운 것을 발견했다면 당신은 항상 이미 갖고 있는 모든 것에 초점을 맞춰야 한다. 좋은 친구, 좋은 건강, 예쁜 아이들, 재미있는 직업, 멋진 이웃일지도 모른다. 기분을 즐겁게 만드는 어떤 것이 있는지 찾아라. 근심과 걱정에서 벗어나 주의를 부드럽게 이동하라.

정신이 고요해지면 삶 속에서 창조하기를 바라는 것으로 주의력을 이동하기 시작하라. 항상 이렇게 함으로써 무의식이 올바른 사고, 신념, 또는 당신이 갈망하는 것으로 인도하는 행동을 지시할 것이다.

7 잠재의식에 좋은 씨앗을 뿌려라

좋은 생각의 씨앗을 찾아라

지금까지 읽은 내용을 다시 한번 짚어보자. 생각은 창조적이다. 우리는 각자 나름대로 생각을 하고, 생각은 영원히 변치 않는 법칙의 지배를 받는다. 그 법칙인 보편 정신, 혹은 우주 에너지는 만물의 근원이다. 그것이 우주 전체를 관장하는 단 하나의 원칙이다. 사람들은 보편 정신의 일부인 잠재의식을 갖고 있으며, 잠재의식을 통해 지금 꿈꾸는 것과 정확히 일치하는 미래의 모습을 만들어간다.

이제부터는 생각의 과정을 통해 삶에서 더 좋은 결과를 어떻게 얻는지 알아보자.

정원에 양배추를 기르고 싶다면 양배추 씨를 심어야 한다. 콩이나 옥수수를 기르고 싶으면 각각 그 씨앗을 심어야 한다. 이때 품질이 제일 좋은 씨앗을 고르기 위해 신경을 써야 한다. 똑같은 땅에 여러 가지 씨앗을 심더라도 멋진 열매를 거두려면 좋은 씨앗을 심고 열심히 재배해야 한다. 씨앗을 심은 사람은 이미 어떤 작물을 거두게 될 것인지 잘 알고 있다. 옥수수를 심었다면 옥수수를 거둘 것이고, 콩을 심었다면 콩을 거둘 것이다. 이와 마찬가지로 우리는 살아가면서 생각의 씨앗을 뿌리고 재배하고 거두게 된다.

내가 뿌린 씨앗의 종류와 품질 그대로 수확하게 되는 것이 세상의 이치이다. 이것이 바로 보상의 법칙(The Law of Compensation)이다. 어떤 생각의 씨앗을 뿌리느냐에 따라 각기 다른 열매를 거두는 것이다. 따라서 마음속으로 어떤 생각을 하느냐가 중요하다. 그 생각이 얼마 후에 현실로 나타나기 때문이다.

세상만물을 지배하는 것은 단 하나의 법칙이다. 빈곤한 생각에서 풍요로운 결과를 기대할 수 없고, 비참한 생각에서 행

우리 몸의 세포는 성장과 열매를 맺는 능력을 가진 현명한 씨앗과 같습니다. 자연 속에서 씨앗은 자기 지혜를 나타냅니다. 자신의 길이 막혔을 때에도 솟아나옵니다. 그들은 빛과 생명을 향해 자라납니다. 그들은 온갖 장애물이나 악천후를 뚫고 이 땅에 존재하려는 책임을 완수하기 위해 최선을 다합니다.

식물은 때때로 자기 몸의 아름다움을 증명하기 위해 일부분을 희생하기도 합니다. 그들은 다른 것과 자신을 비교하지도 않고 판단하지도 않습니다. 씨앗이 모든 일에 대해서 걱정하지 않는다면 우리도 씨앗처럼 생존하기 위해 어둠을 뚫고 싸워가야 하는 길을 두려워할 필요는 없습니다.

우리는 잠재력을 양육하고 빛에 도달할 수 있는 지혜도 있습니다. 우리는 삶의 역경을 돌파할 능력이나 성장의 힘도 갖고 있습니다. 내적인 씨앗을 양육할 내적인 씨앗에 주의를 기울인다면 삶의 계절 동안 아름다운 꽃을 유지할 수 있을 것입니다.

복을 기대할 수 없고, 질병에 사로잡힌 생각에서 건강을 기대할 수 없고, 분노로 가득한 생각에서 평화를 기대할 수 없다. 호리병박 씨앗을 심고 토마토를 수확할 수는 없듯이 말이다.

우리는 날마다 잠재의식이라는 밭에 생각의 씨앗을 뿌린다. 성장의 법칙에 따라 마음 밭에 뿌려진 생각의 씨앗은 차츰 자라서 곧 눈앞의 결과로 나타나게 된다.

마음속의 밭이 믿음, 갈망, 용기, 결단력, 쾌활함, 사랑에 관한 생각으로 가득하다면 물리적 조건과 환경도 그와 마찬가지로 건강, 행복, 번영으로 가득하게 된다. 그러나 마음속의 밭이 두려움, 증오, 질투, 고뇌, 슬픔, 질투 같은 감정으로 꽉 차 있다면 빈곤과 질병에 시달리는 괴로운 삶을 살게 된다.

뿌린 씨앗대로 거둔다

매번 생각을 할 때마다 우리는 인과관계의 사슬을 만들어가고 있는 것이다. 그러므로 스스로 뿌린 생각의 씨앗 그대로 열매를 거두게 된다. 인생에서 성공을 거둘 것인지 실패를 맛볼 것인지는 절대적으로 보편 정신의 법칙에 달린 것이다. 세상 만물은 동일한 원칙의 지배를 받기 때문에 좋은 씨앗을 뿌리면 좋은 열매를, 나쁜 씨앗을 뿌리면 나쁜 열매를 거둔다. 원칙은 불변이다. 예외란 있을 수 없다. 오늘 자기가 뿌린 씨앗이 당신이라는 생산품의 질을 결정하는 것이다.

가령, 사람이 제조 공장의 축소판이라고 상상해보자. 제품의 원재료는 영원히 고갈되지 않는 존재 그 자체이다. 어떤 이들은 아름다운 집, 자동차, 멋진 옷, 건강과 행복 등 원하는 모든 것을 다 누리고 산다. 또 어떤 이들은 남들보다 훨씬 더 열심히 일하고, 그 때문에 건강 상태는 별로 좋지 않지만, 능력을 인정받으며 산다. 반면에 빈곤, 질병, 범죄에 시달리며 사는 이들도 있다. 우리에게 주어진 정신적 자산인 우주 보편의 원재료는 동일한데, 사람마다 각기 다른 제품을 만들어내고 있다. 인생이란 공급과 수요가 정확히 맞아떨어지는 것이므로 우리는 결국 뿌린 씨앗이나 생각대로 거둘 수밖에 없는 것이다.

비록 남들에게 죄인이라며 손가락질을 받지만, 사랑과 믿음의 씨앗을 뿌리며 산다면 어떻게 될까? 반면에 소위 신앙인이라고 하는 자가 두려움과 편협한 신앙이라는 씨앗을 뿌린다면? 결과적으로 전자는 평화와 풍요를 누릴 것이고, 후자는 비통함을 맛보게 될 것이다.

작은 먼지 한 톨에서 태양계의 순환에 이르기까지 우주는 영원한 법칙과 질서를 따른다. 인간이 법칙을 만들거나 깰 수는 없다. 다만 선택에 따라, 법칙에 맞춰 움직이거나 저항하거나 할 뿐이다. 마음가짐을 어떻게 가지느냐에 따라 행복의 열매를 거두느냐 불행의 열매를 거두느냐 하는 것이다. 법칙은 우리가 이해할 수 없는 복잡 미묘한 것이 아니다. 오히려 지극히 단순하다.

보편 정신, 영원의 에너지, 존재의 자산, 보편적 생명 원칙 등 모두 같은 의미이다. 신이 우주를 지배하는 신성한 원칙이라고 이해해도 무방하다. 사실, 명칭 자체는 그다지 중요하지 않다. 참고로 말하면, '원칙(Principle)'이라는 단어는 '시작(beginning)', '기본적인 진실(fundamental truth)'을 뜻하는 라틴어에 뿌리를 두고 있다.

 ## 명상의 길

이 연습을 위하여 펜과 종이를 준비하라. 배경으로 좋아하는 명상음악을 들어놓아도 좋다. 눈을 감고 약간 깊이 숨을 쉬어라. 그리고 안정이란 말을 생각하라. 당신 자신을 천천히 느껴라.

그리고 멈춘다.

우주에서 떠나 아름답고, 평온하고, 안전한 곳으로 올라가고 있다고 상상하라. 당신은 더 높은 지혜를 받는 장소까지 가고 있는 중이다.

많은 사람들은 이 장소가 좋게 보이는 특별한 이미지를 갖기보다 그것을 느낀다. 어떤 사람들은 성당이나 교회, 또는 빛나는 정원 안에 있다고 말하기도 한다.

평안을 느낀다면 어떤 형태로 상상해도 좋다. 특별히 위기에 처해 있거나 곤경에 처해 있을 때이면 언제든지 갈 수 있는 성스러운 장소이다. 당신은 일찍이 경험해온 것을 초월한 관심과 보호 속에 감싸여 있다. 주변의 모든 에너지와 빛의 파도를 보고 느껴라. 당신이 필요한 어떤 것과 함께 당신을 보조하기 위한 이 장소에 지혜가 있다.

멈춰라.

당신에게 안내를 준비하러 오는 현명한 스승의 그룹이 있는 것을 상상하라. 당신을 둘러싸고 사랑을 보내고 있는 그들을 보라. 그들과 대화하고 당신의 관심에 대해서 그들에게 말하라. 그들은 당신과 교류하고, 당신은 정신 속에서 그 대답이 불쑥 튀어나오는 것을 느낄 것이다. 자신에게 말하라.

"나는 지금 내가 필요한 정보에 열려 있다."

당신이 받고 있는 정보가 도움이 될 때까지 대화를 계속하라. 경험하고 있는 전이를 통하여 무엇을 배우고 있는지 그들에게 물어라.

당신이 해야 한다고 생각하는 것이 있다면 물어라. 이 시기 동안 인내와 신념과 강함을 가지고 당신을 도울 것이냐고 그들에게 물어라. 그들이 당신에게 말해줄 필요가 있는 그밖에 어떤 것이 있을까?

당신이 안전하게 느끼고, 깊은 숨을 쉬고 천천히 일상적인 의식으로 돌아올 때 당신이 받은 인상과 대답을 기록하라.

8 현실이 고통스럽다면
두려움을 없애라

> 자네는 마음속에 어떤 생각을 담고
> 있는가?
> 두려움뿐인가?
> 만일 그렇다면 생각으로 마음을 모
> 아 두려움에 맞서라.
>
> — 에드가 게스트
> (Edgar Guest)

부정적인 생각이 두려움을 만든다

우리를 창조한 것은 창조주이지만, 우리는 자기 자신을 만든다. 우리는 각자 운명을 설계하고 건설한다. 마음속으로 기쁨을 꿈꾸지 않는다면 즐거움을 누릴 수 없고, 기쁨을 현실화시키는 일은 더 더욱 할 수 없다. 슬픔, 질병, 실패는 두려움 같은 부정적인 생각에서 비롯된다.

따라서 불행은 모두 우리가 스스로 자초하는 것이다.

사람들은 가난과 질병, 불행, 사고, 재앙을 두려워한다. 그리고 늘 무언가를 두려워한다. 이 같은 두려움은 어디에서 비롯되는 것일까? 바로 부정적인 생각이다. 부정적인 생각은 가짜 모습인 비관, 유전, 환경, 인종의식 등에서 생겨난다. 밝은 생각만 한다면 암울한 결과가 초래될 까닭이 없다. 어두운 생각은 늘 악하고 음침한 결과를 초래한다.

어떻게 해야 부정적인 생각을 극복하고 멋진 삶을 살 수 있을까? 반드시 부정적인 생각과 맞설 필요는 없다. 악에 맞서려면 우선 악의 존재를 인정해야 하기 때문이다. 악이라는 것은 결코 주체적으로 존재할 수 없으며 실재하는 것도 아니다. 악과 죄는 원인이 아니라 결과이다. 우주의 보편 원칙 속에 존재하지 않는 개념이다.

우주의 보편 원칙은 선(善)이다. 이 원칙의 이용을 실패할 때 정확히 죄나 부족이 된다. 오늘날 우리가 사용하는 '죄(sin)'라는 단어의 어원은 그리스어의 부족함(fallen short)'에서 나왔다.

살면서 어려움을 겪는 것은 인생의 진리를 알지 못하기 때문이다. 사람들은 별 생각 없이 기존 교리나 신조를 수용하며 살고 있다. 또한 오랜 세월동안 부자가 될 사람은 따로 있고 가난하게 살 사람도 따로 있다는 식의 가르침을 믿어왔다. 시련과 고난을 겪는 것은 운명으로 미리 정해져 있기 때문에 세상살이는 눈물의 골짜기일 수밖에 없다는 식의 가르침 말이다. 우리가 왜 그 말도 안 되는 논리를 수용해야 하는가?

옛날에 한 젊은이가 동굴에 들어가 보물을 발견했습니다. 그가 그 보물을 집으려고 다가갔을 때 용이 지키고 있는 것을 보았습니다. 그는 생명을 잃을까봐 두려워서 동굴을 떠났습니다. 그뒤 그 청년은 보물을 집어올 용기를 갖기를 바라면서 세월을 보냈습니다.

나이가 들어 그는 죽기 전에 그 보물을 다시 한번 보고 싶다고 생각해서 동굴로 되돌아갔습니다. 죽음을 개의치 않고 자세히 보려고 가까이 갔을 때 예전에 그가 용이라고 생각했던 것은 도마뱀이라는 것을 알았습니다. 그는 보물을 주워들고 집으로 돌아왔습니다. 당신의 인생에 제약과 두려움을 가진 용이 존재합니까? 기회를 잡으십시오. 손을 뻗치십시오. 보물을 찾기 위해 90살까지 기다리지 마십시오.

두려움을 없애려면?

자연을 다시 한번 돌아보자. 자연은 늘 우리에게 넉넉하게 베풀어준다. 늘 풍부한 자원을 제공해주는 자연, 즉 보편 정신이 우리를 일부러 제약하면서 쪼들리게 만들겠는가? 절대 그렇지 않다! 믿기 어렵다면 잠시만 하던 일을 멈추고 찬찬히 생각해보라. 여러분이 생활에 쪼들리고 있다면 분명히 마음속으로 부정적인 생각을 했기 때문일 것이다. 현상세계의 만물은 작은 생각에서 시작한다. 그러므로 우리는 생각을 개선해야 한다. 원인을 개선해야만 결과를 개선시킬 수 있다. 그 원인은 정신이다. 그리고 정신은 침묵 속에서 모든 창조적인 작업을 수행한다.

마음에 두려움이 깃들면 누구나 겁쟁이가 되고 만다. 해서는 안 될 일을 하게 되고, 해야만 하는 일인데도 겁을 내고 꺼리게 된다. '바다를 항해하는 노인' 처럼 우리는 잠잘 때조차도 두려움을 떨치지 못하고 아침이면 두려운 마음으로 잠에서 깬다.

마음이 괴로운가? 그렇다면 스스로에게 긍정적인 확언을 심어주자. 그리고 계속해서 그 확언을 되풀이하자. 걱정하느라 세월을 보내지 말자. 과감하게 부정적인 생각을 떨쳐 내자. 잠자리에 들 때마다 '나는 건강하고, 강하고, 젊고, 에너지가 넘치고, 애정이 풍부하고, 화목을 추구하고, 성공적인 삶을 사는 행복한 사람이다.' 라는 확언을 마음속에 되새기자.

긍정적인 확언을 되풀이하는 행위는 자신이 지금 구축하고 있는 새로운 모습을 잠재의식에 아로새기는 효과가 있다. 그럼으로써 자신이 원하는 미래를 향해 한걸음씩 다가가는 것이다. 잠재의식은 주장이나 증명하지 않는다. 묵묵히 작용하면서 훗날의 결과를 눈앞에 보여줄 뿐이다. '지금 믿는 것이 곧 현실이 된다.'라는 말처럼 말이다.

빚을 지고 있는 사람이 빚에만 정신을 팔게 되면 계속해서 빚에 얽매이게 되고, 그 뒤 더욱 많은 빚을 지게 된다. 우리는 창조적인 원칙을 건설적인 방향으로 사용할 수도 있지만, 반대로 파괴적인 방향으로 사용할 수도 있다. 자기가 원하는 바가 무엇인지 생각하고 정신을 집중하자. 자기가 원하지 않는 부정적인 상황에 대해서는 신경 쓰지 말자.

낡고 오래된 믿음을 버리고 건설적이고 새로운 생각을 가져야 한다. 근심, 비난, 절망이라는 무거운 짐을 잠재의식에서 떨쳐버리고 마음 한 가득 빛을 받아들이자. 지금까지 성공하지도 못했고, 건강하지도 못했으며, 행복하지도 않았는가? 그렇다면 암담했던 과거는 땅에 묻어버리자.

그리고 진실의 광명을 바라보며 앞으로 나아가자. 나아가고자 하는 의지만 있다면 아무도 여러분의 앞길을 막을 수 없다. 생각은 원인이며, 현재 상황은 그 결과이다. 자신에게 맞도록 상황을 변화시키면 더 이상 두려움에 떨거나 걱정할 필요가 없다. 세상에 존재하는 원칙은 오직 선(善) 뿐이다.

불을 켜면 어둠은 사라진다

세상에는 불쌍한 이들과 장애인, 병자, 불행한 사람들이 셀 수 없이 많다. 그래서 세상을 고뇌의 바다이며 눈물의 골짜기라고 하는가? 아니다. 현상 세계에서 눈에 보이는 부분에만 집착해서는 안 된다. 우주의 유일한 법칙은 오직 선(善)이다. 선을 제대로 사용하면 빛이 어둠을 몰아내듯이 인간의 부족함, 한계, 질병을 모두 없앨 수 있다.

불을 켜면 어둠은 사라진다. 선(善)의 횃불을 켜면 어둠 속에 존재하는 악(惡)은 사라질 수밖에 없다. 겉모습만 보고 판단하지 말자. 우리는 앞으로 마음의 훈련을 계속해야 한다. 세상에서 벌어지고 있는 온갖 갈등과 불화는 인간의 실수로 빚어진 것일 뿐이다. 덧셈에서 잘못된 합계를 수정하듯이 고치기만 하면 된다. 수학 문제를 풀다가 답이 틀리면 다시 풀면 되는 것처럼 말이다.

주변에서 뭔가 상황이 잘못 돌아간다 싶으면 우리가 보편의 생명 원칙에서 벗어나 잘못된 길을 가고 있는 것은 아닌지 되돌아보자. 그리고 생각을 고쳐먹고 다시 삶에서 조화를 추구하자. 지금 곤란하고 혼란스러운 상황에 처해 있다고 해도 그런 상황은 단지 피상적인 현상에 불과하다.

우리는 잘못과 악함을 고칠 수 있는 방법에 대해 많은 이야기를 듣고 있다. 그 이야기를 흘려듣지 말고 마음속에 깊이 새기자. 마음가짐을 새로이 하면 실제로 인생살이에서 진보할 수 있으며 잘못된 상황을 개선할 수 있다.

인간은 습관의 생물이어서 몸과 마음이 습관의 지배를 받는다. 그래서인지 생각하는 습관을 바꾸려고 하면 기존의 습관이 왠지 방해를 하는 것 같은 느낌을 받는다. 따라서 우리는 변화를 추구할 때마다 스스로 포기하지 않도록 자기를 부지런히 감독해야 한다.

이때 반드시 기억해야 할 점이 있다. 생각의 방향을 바꾸려면 마치 자동차가 방향을 바꾸는 것처럼 일단 멈추어서 뒤로 갔다가 다시 앞으로 가서 되돌아와야 한다는 것이다. 즉, 생각과 습관을 바꾸는 동안 상당한 어려움을 경험할 수밖에 없다.

빈곤과 슬픔에 사로잡혀 괴로운 삶을 살고 있다면 긍정적인 확언을 통해 부정적인 생각을 몰아내자. 늘 마음을 정결히 하고 매일 깨끗이 정리하자. '나는 건강하고 행복하며 성공한 사람이다.' 라고 자기 자신에게 확언하는 행위는 보편 법칙에도 완전히 부합하는 것이며, 그 확언은 곧 진실이 된다.

공포, 근심, 비난과 같은 부정적인 생각은 절대로 마음속에 담아두지 말자. 마음에 담아두면 결국 스스로 빈곤, 불행, 불화의 열매를 거두게 될 뿐이다. 우리는 모든 것을 극복할 수 있는 정신력을 갖고 있는데 대체 무엇을 두려워해야 하는가? 우리에게 곤란한 일을 저지른 사람에게 반드시 화를 낼 필요가 있을까?

누군가 여러분에게 상처를 입혔다면 그도 언젠가는 여러분에게 했던 것과 똑같은 상처를 받게 될 것이다. 상대방이 화를 낸다고 해서 똑같이 성질을 내면 결국 자기 자신에게 해가 될 뿐이다. 우리 마음속에 존재하는 강력한 힘은 상대방의 마음속에도 존재한다. 그러므로 사소한 실수에 너무 얽매이지 말고 너그럽게 용서하며, 마음속에 존재하는 선(善)과 일치하는 생활에 매진하자.

배 한 척은 동쪽으로 가려하고, 또 한 척은 서쪽으로 가려한다.
똑같은 크기의 바람이 불고 있다.
어느 쪽으로 가야할지를 알려주는 건
바람이 아니라 돛이다.
삶을 살아갈수록 우리의 운명이 가야할 길은
바다의 파도와 같다는 것을 알게 된다.
삶의 목적을 결정하는 것은
고요함이나 다툼이 아니라 영혼의 마음가짐이라는 것을.

- 엘라 윌러 윌콕스 (Ella Wheeler Wilcox)

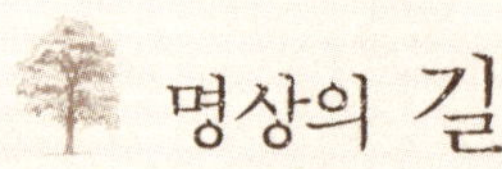

명상의 길

두려움과 걱정으로 가득 찼을 때 무의식의 안내가 당신에게 흘러가는 것이 종종 어려울 때가 있다. 부정적인 생각이 당신을 둘러싸고 있는 부정적인 에너지로 장벽을 만들어, 내적인 지혜의 가장 용감한 시도조차도 무시되는 경우이다.

이렇게 생각해보라. 부정적인 관심만 갖고 있는 친구에게 정서적인 지원을 해주려고 노력해본 적이 있는가? 당신의 친구는 "좋아지지 않아. 나에게 맞는 것은 아무것도 없어. 만사가 점점 나빠져. 절망이야."라고 외칠지도 모른다. 친구가 그런 상태에 있을 때 당신과 나누었던 어떤 현명한 말이 그의 귀에 들어가겠는가?

만일 지금 당신이 이런 친구와 같은 상태라고 생각한다면 주의 깊게 다음 문장을 읽어라.

환경이 나쁘게 느끼도록 당신을 조종하고 있다.

당신의 환경에 대해서 스스로 나쁘게 느껴지도록 말하고 있다.

당신의 나쁜 감정은 당신이 경험한 부정적인 환경을 더 나쁘게 하는데 일조하고 있다.

당신은 지금 당신의 환경에 감사하도록 초점을 바꾸기 위해 멈출 필요가 있다. 나쁜 결과를 얻을지라도.

매일 아침 잠자리에서 일어나기 전 당신 인생에서 감사하다는 것을 나타낼 수 있는 한 가지를 선택하라. 당신이 무엇을 선택하든 상관이 없다. 그저 매일 한 가지를 선택하기만 하면 된다.

당신이 원하지 않는 것에 초점을 맞추기 시작한 자신을 발견했을 때, 예를 들면, 돈의 궁핍, 병든 건강, 당신의 아이들이나 배우자에 관한 근심, 모두 그만두라. 즉시 그날을 위한 감사로 초점을 맞추기 시작하라.

9 꿈을 이루고 싶다면 마음에 그림을 그려라

상상은 신성한 선물이다

세상 만물은 눈에 보이는 형태로 나타나기 전에 이미 작용하고 있었다. 실질적인 모습으로 세상에 나타나기 전에는 관념 속에서 존재해온 것이다. 즉, 물질로 나타나기 전에는 영(Spiritual) 속에 존재한다. 잠재의식은 여러분의 정신적 작용에 따라 씨앗을 키우고 열매를 가져다

준다. 지금부터 내면에 잠재되어 있는 정신력을 발전시키는 방법을 알아보자.

상상은 신성한 선물이다. 마음속으로 이미지를 상상하는 동안 우리는 무엇이든 원하는 것을 만들 수 있다. 일단 착상(着想)을 하고 마음속 그림을 그려보자. 이 착상은 바로 잠재의식이 조건과 환경으로 꽃피울 '생각의 씨앗'이다.

의식을 어떻게 조절하느냐에 따라 우리가 현실에서 얻게 될 열매도 달라진다. 집을 갖고 싶은가? 그렇다면 마음속으로 그 집을 상상하라. 마음속에 그려진 집은 언젠가 현실로 나타날 것이다. 비용 문제는 신경 쓸 필요 없다. 상상 속에서는 어떤 재료를 써서 집을 짓든 마음대로이니까.

상상을 하고 있는 동안에는 영원히 고갈되지 않는 우주의 공급물자를 이용하고 있는 것이다. 마음속에 구체적으로 집을 짓고 가구도 채워 넣자.

그리고 상상력이 부족하다고 느낄 때마다 자신에게 이렇게 확언하자.

'나는 생각보다 훨씬 부유하다. 보편정신이 마련해준 무한한 자산을 가지고 있으므로 지금 당장은 실제로 가질 수 없다고 하더라도 내 마음속에 그려 넣으면 언젠가는 이룰 수 있을 것이다.'

현재 힘든 상황에 처해 있는가? 그렇다면, 혹시 예전에 마음속으로 부정적인 생각을 품은 적이 없었는지 되돌아보자.

물론, 질병이나 경제적 곤란 같은 고생을 겪고 싶다고 생각했을 리는 없다. 현재의 부정적인 상황은 생각을 통제하는 일이 얼마나 중요한 것인지를 몰랐던 탓에 초래된 과거의 결과이다.

지금까지 뚜렷한 인생 목표도 없이 친구들의 의견에 따라 줏대 없이 행동해오지는 않았는가? 주변 사람들의 의견이 사실에 근거를 두고 있는 것인지 아닌지 따져보지도 않고 무조건 남의 이야기에 귀를 쫑긋 세우면서 말이다. 그러다가 결국 아무런 근거도 없는 신념, 느낌, 의견이 마음속에 가득 차버린 것은 아닌가?

만일 현재 상황이 그다지 좋지 않다면 체계적으로 생각을 모으는 과정을 통해 좀더 향상된 조건을 만들 수 있다. 명확한 목표를 가지고 생각을 모으기만 한다면 충분히 가능한 일이다. 사실, 선(善)은 우주의 보편 원칙과 일치된 것이라서 우리가 좋은 생각만 계속한다면 상황은 개선될 수밖에 없다.

그렇게 되면 각자 꿈을 실현시킬 수 있는 가능성은 더욱 커지게 된다. 마음, 혹은 생각이 미래를 만드는 창조자가 된다. 생각은 인생의 가장 참되고 실질적인 행위이다. 그러므로 여러분의 미래는 현재 여러분이 생각하고 있는 바가 반영된 결과인 것이다.

미래는 특별한 방식과 수단으로 만들어지는 것이 아니다. 멋진 미래를 만드는 것은 바로 자기 생각이다. 보편 정신에 의지하면 꿈을 실현할 수 있는 길이 눈앞에 환히 열릴 것이다.

동물들은 강력한 힘이 있을 때만 우리 속에서 삽니다. 우리 속에 갇힌 동물들을 보십시오. 그들의 눈은 빛과 생기를 잃고 있고 몸은 퍼져 있습니다. 우리는 스스로 자신을 우리 속에 가둬두고 살아갑니다. 우리는 내적으로 죄수가 되어 도망칠 힘을 잃고 있습니다. 진실로 우리는 자유를 속박하는 우리를 생산하고 있습니다. 그것은 우리의 정신을 환경이나 감정으로 억압하는 감옥일지도 모릅니다. 우리 자신을 해방하기 위해 정신과 마음을 구속하고 있는 우리를 깨뜨려야 합니다. 삶을 들여다보아 고통을 느끼고 있다면 장벽을 헐고 자유를 얻어야 합니다.

법칙을 이용하는 법을 제대로 알면 꿈은 실현된다

우리는 창조자를 가르칠 수 없다. 우주가 표출하는 생각의 힘은 완벽한 것이어서 창조자에게 이래라 저래라 할 필요가 없다. 우리는 그저 착상을 하거나 마음속에 그림만 그리면 된다. 그리고 선명하게 그 내용을 이미지화하고 계속해서 정신을 집중하면 된다. 얼마 후, 상상한 내용이 현실이 되어 나타날 것이다.

마음을 다하고 온 힘을 다하자. 오로지 원하는 바가 이루어질 것이라고 생각하고 부정적인 생각은 아예 하지 말자. 외부 조건에 대해서는 마음을 쓰지 말고 오로지 내적 세계에서 이상적인 모습을 추구하자. 그러면 인력(引力)의 법칙에 따라 여러분의 꿈이 실현될 것이다.

인력(引力)의 법칙이란 같은 것들끼리는 서로 끌어당긴다는 법칙이다. 오랜 시간 동안 마음속에 간직해 왔던 생각은 시간이 지나면 현실로 이루어지게 된다. 지금 꿈꾸는 것이 어떤 것이든, 건강이든, 사업이든, 새로운 일자리이든, 자동차이든, 집이든, 마음속으로 원하는 바를 분명하게, 그리고 정신을 모으자. 그러면 곧 길이 열리고 꿈이 실현될 것이다.

그러면 여러분이 나아갈 길에 장애물이 가로 놓이는 일은 결코 없을 것이다. 잠재의식이 미래를 만들어가는 데는 정해진 패턴이 없다. 잠재의식은 오직 여러분의 의식이 이끄는 방향대로 따라갈 뿐이다.

지금까지 모든 것은 마음의 시각화를 통해 이루어졌다. 건물도 원래는 건축가가 자기 마음속에 그렸던 것이었고, 그림도 처음에 예술가가 마음에 그려두었던 것이며, 발명품도 발명가의 착상에서 시작되었다.

인과관계의 법칙은 절대적이어서 예외란 있을 수 없다. 생

어려운 도전에 부딪칠 때마다 모충(毛蟲)과 나비의 관계를 생각합니다. 모충은 고치에서 벗어나기 위해 엄청난 투쟁을 해야 합니다. 하지만 이것은 생존을 위한 노력입니다. 삶도 마찬가지입니다. 우리가 그 투쟁을 피하면 좋은 일보다 해로운 일이 많을지도 모릅니다. 우리가 완전한 자아로 태어난 것이 아니기 때문이지요.

성장 과정에서 본성의 존재를 위해 투쟁이 필요할 때도 있지요. 스스로 하는 것이 생존인 경우 말입니다. 만일 모충이 고치에서 나올 때 누군가 도와주면 날 수 있는 힘을 갖지 못해 죽고 맙니다. 자기 날개로 날 수 있도록 아마 우리도 투쟁이 필요한지도 모르지요.

각은 행동과 표현에 우선하기 때문에 생각이 행동과 표현방식을 결정한다. 따라서 목표를 정하고 집중하면 앞으로 어떤 결과가 일어날 것인지 어느 정도는 예상할 수 있다.

그것이 바로 보편 법칙이다. 과거에도 그래왔듯이 앞으로도 우리는 이 법칙에서 벗어날 수 없다. 어떤 일을 하려고 시도했는데 실패할 것 같다는 생각이 드는 때가 있다. 그렇다고 포기하지 말고 계속해서 도전하자.

건물이나 다리가 무너지면 중력의 법칙이 잘못 적용된 탓이라고 그 누가 생각하겠는가? 누구나 건물이나 다리를 튼튼하게 건축하지 못했기 때문이라고 생각하게 마련이다. 백 년 전에도 전기의 양은 지금과 비슷했다. 다만 전기를 생활에 활용하기 위한 법칙이 발견되기 전이라서 우리가 사용할 수 없었을 뿐이다.

보편 정신에 의식적으로 마음을 열고 그 법칙을 사용하기 위해 마음을 모은다면 현재 상황을 개선시킬 수 있다. 법칙을 사용하는 법만 제대로 알게 되면 누구나 꿈을 실현할 수 있는 것이다.

좋은 씨앗을 심었으면 열심히 가꾸자

목표를 정하고 최선을 다해 노력을 기울이자. 대충 시간이나 때우면서 퇴근할 시간만 기다리는 식으로 일을 해서는 성공하지 못한다. 뿌린 대로 거두는 법이니 열심히 하지 않으면 실패할 수밖에 없다. 열심히 일을 하기는 하지만, 뚜렷한 목표나 자기 자신에 대한 신념이 없는 사람도 있다. 그런 사람은 늘 기가 죽어 있고, 작은 어려움에도 쉽게 좌절한다. 따라서 결과적으로 성공하지 못한다.

자신이 원하는 바가 무엇인지를 정하고 오로지 앞으로 나아가자. 가령, 돌덩이를 가지고 조각을 만든다고 할 때 며칠에 한번 꼴로 모델을 갈아 치우면 작품을 제대로 만들 수 있겠는가? 돌덩이를 이리저리 다 깎아 버리면 결국 아무것도 만들지 못할 것이다.

여러분의 미래를 만드는 일도 이와 같다. 특정한 목표를 정하고 생각의 씨앗을 뿌린 다음 마음을 집중하면 결국 현실에서 꿈을 이룰 수 있다. 무언가를 절실히 원한다면 정신을 집중해서 잠재의식에 자신의 바람을 각인시키자. 그리고 꿈을 이루기 위해 노력하자. 그렇게 하면 절대 실패할 리가 없다.

'꿈만 꾸는 사람은 인생의 실패자가 되고 만다.'는 말이 있다. 이 말은 단순히 바라기만 하고 노력하지 않으면 성공할 수 없다는 뜻이다. 늘 꿈꾸기만 하고 그 꿈을 이룰 생각도, 신념도 없는 사람은 늘 '나는 꿈을 이루지 못할 거야.'라고 생각한다. 이런 식으로 정신력을 허비하며 사는데 어떻게 성공하겠는가? 하지만, 상상 속에서 신념과 목적의식을 갖고 자신의 꿈을 구체적으로 계획한 사람은 언젠가는 결국 꿈을 이루어 낸다.

긍정적인 태도라고 해서 '이루어지면 좋을 텐데.' 따위의 생각은 절대로 하지 말자. 늘 '나는 할 수 있어.'라고 생각하자. 신념을 갖고 항상 자기에게 확신을 불어넣자. 이후의 결과에 대해서도 절대로 비관적으로 생각하지 말자. 마음속으로 만든 목록을 늘 점검하면서 한걸음씩 목표를 향해 나아가자.

세상에서 제일 용감한 사람도 가끔씩 포기하고 싶은 순간이 있다. 모든 상황이 내게 적대적이어서 아무리 노력해도 소용이 없는 것처럼 보이는 때가 바로 그렇다. 그런 경우 '동이 트기 전이 하루 중 가장 어두운 때'라는 말을 기억하자. 조금만 더 신념을 가지고 노력하면 승리할 수 있다.

여러분보다 앞서 인생을 살면서 목표를 이루었던 사람들도 너무 지쳐서 포기하고 싶었던 순간이 있었다. 그러나 그들은 결코 포기하지 않았다. 만일 그때 포기해버렸다면 그들은 결코 명성을 얻지 못했을 것이다.

가끔 우리는 '소원의 문'을 찾아 길을 떠난 어린 소년과 같다고 느낄 때가 있다. 그 소년은 목표에만 너무 열중해서 지금 자신이 어디쯤 가고 있는지조차 인식하지 못한다.

얼마 후 소년은 길을 잃고 기진맥진해서 오래된 회전문 위에 걸터앉아 쉬고 있었다. 그 때 북풍이 다가와서 소년에게 집으로 데려다주겠다고 말했다. 소년은 너무 힘들고 지쳐서 소원의 문을 찾는 일을 포기하고 말았다. 그리고 북풍의 제안을 받아들였다.

북풍은 소년을 집으로 데려다 주면서 소년에게 어떻게 길을 잃게 되었는지를 물었다. 소년이 대답했다.

"난 소원의 문을 찾고 있었어요."

바람은 소년과 함께 집으로 돌아오는 내내 웃음을 그치지 않았다. 마침내 소년의 집 앞에 이르렀을 때 북풍이 말했다.

"다음번에 무언가를 찾으러 길을 떠날 때에는 늘 정신을 맑게 유지하도록 해. 내가 너를 만났을 때 너는 이미 소원의 문위에 앉아 있었어."

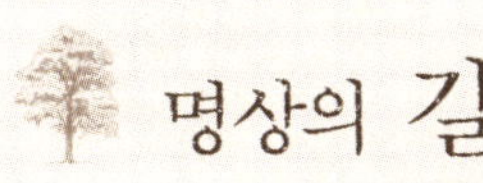

명상의 길

당신을 짜증나게 하거나 화나게 하는 최근의 상황을 생각하라. 그것을 종이나 일지에 써라.

조용히 앉아서 마음과 연결된 자신을 수용하라. 사랑이 당신을 둘러싸고 있다는 것을 단순히 느껴라.

종이나 일지에 쓴 상황을 불러오라. 더 사랑하는 방법을 내적인 안내자에게 물어라. 당신은 평화의 감각이나 투시도로 간단히 이동하는 것을 느껴도 좋다. 단어는 상황에 대하여 생각하는 새로운 길을 지시하는 당신의 정신 속에 형성해도 좋다. 당신은 몇 시간, 또는 날들을 지나도 직접적으로 일어나는 것이 아무것도 없다는 것을 발견할지도 모르지만, 당신의 상황에 관하여 내적인 도움을 받는다.

10 현실을 바꾸려면 보편정신을 믿어라

누구나 차별 없이 축복받을 수 있다

보편 정신의 힘은 눈으로 볼 수 없다. 그러나 그 힘은 분명히 존재한다. 세상에 존재하는 모든 힘이 눈에 보이는 형태를 띠고 있는 것은 아니기 때문이다. 생명이란 단순히 우리가 어떤 일을 할 수 있게 해주는 힘 따위가 아니다. 사랑은 눈에 보이지 않지만, 누구나 사랑이 존재한다는 것을 안다. 행복, 평화, 건강이라는 눈에 보이지 않는 개념이 미치는 효과를 누구나 분명히 알고 있다.

오늘날에 이르기까지 인간은 모두 우주의 보편 법칙을 이용해왔다. 보편 법칙은 우리 주변에 존재하며 사람들이 각기 마음속으로 생각하는 바에 따라 형태를 갖추게 된다.

제1차 대전이 터졌을 때 독일은 다음과 같은 슬로건을 내걸었다.

'크리스마스 파티를 파리에서!'

그러나 독일군이 승리를 확신하고 있을 때에도 프랑스인들은 여자와 어린이들까지도 다같이 이렇게 부르짖었다.

'독일군은 이곳에 들어올 수 없다!'

결국 독일군은 파리에서 파티를 하지 못하고 후퇴하고 말았다. 프랑스인들의 신념으로 독일군이 결코 넘지 못할 장벽이 만들어진 것이다.

동양의 한 부족은 벌겋게 달군 석탄 위를 맨발로 걷는 종교적 관습을 지키고 있다. 그 부족이 뜨거운 석탄 위를 맨발로 걸으면서도 화상을 입지 않는 것은 마음속에 믿음을 간직하고 있기 때문이다. 믿음은 그 깊이에 개인차가 있을 뿐이지 인종이나 신념에 따라 본질이 달라지는 것은 아니다.

뉴올리언스의 세인트 로체, 멕시코의 과달루페, 프랑스의 루두르, 캐나다의 생딴 드 보프르 같은 성지를 방문한 이들은 대개 그곳에 남아 있는 목발과 지팡이를 보고 놀라는 경우가 많다. 환자들이 반드시 나을 것이라는 신념을 가지고 성지를 찾았다가 정말로 치유되는 일이 있기 때문이다. 이것은 바로 믿음으로 치유 받는 것에 대한 묵언의 암시이다.

믿음의 법칙은 보편적이다. 사람들이 마음속으로 원하는 모든 것을 이루어줄 수 있을 정도로 그 법칙은 매우 강력하며 언제라도 사용할 수 있다. '우리가 원하는 것은 무엇이든 이루어지게 하리라.' 하고 성경도 밝히고 있다.

보편 법칙이 어떤 이에게는 가난을 주고 어떤 이에게는 부유함을 주었을까? 여러분에게는 질병을 주고 이웃에게는 건강을 주었을까? 절대로 그렇지 않다. 생명이나 건강, 풍요는 어느 곳에서나 존재하는 것으로, 자연의 법칙은 말 그대로 '공급의 법칙'이다. 빈곤은 자연법칙을 기준하여 볼 때 매우 부자연스런 상태이다. 빈곤은 인간이 만들어낸 조건이며, 스스로가 만든 제한으로 생긴 것이다.

누구나 차별받지 않고 축복을 받을 수 있다. 누구나 시간이나 장소에 구애받지 않고 건강이나 행복, 번영 등을 누릴 수 있다. 다만, 모든 것은 의식의 문제이기 때문에 원하는 것은 무엇이든지 이루어질 수 있다는 신념을 가지고 노력하는 사람만이 축복을 누리게 된다.

기도하고 구하는 바를 마음속으로 이미지화하고 상상하자.

소망하는 바가 반드시 이루어진다고 믿고, 눈을 감은 채 원하는 바를 직시하자. 그러면 우리의 신념을 통해, 우주에 널려 있는 눈에 보이지 않는 실상에서 소망하는 바가 창조된다. 소망하는 바를 이미 얻었다고 믿자. 그러면 보편 정신이 이끄는 바에 따라 소망이 현실로 이루어지는 것을 보게 될 것이다.

'이미 갖고 있다는 것을 믿어라.' 는 말에 대해 논리적으로 생각해보자. 앞에서 성장의 법칙에 따라 소망이 이루어진다

여러분이 억압받고 있다고 느낄 때 잠시 멈춰서 어째서 그렇게 느끼는지 자신에게 물어보십시오. 여러분이 억압을 느끼는 그 상황은 누가 만들었습니까? 누군가 여러분을 돕겠다고 했을 때 어째서 여러분은 도움을 거절했습니까? 여러분이 수행해온 일들 때문에 억압을 받고 있다면 언제 도움이 필요하다는 것을 알았습니까?

가족이나 동료, 또는 세상일에 화를 내서는 아무런 문제도 해결되지 않습니다. 필요한 것을 요청하고 수용하는 여러분의 인간성만이 일을 변화시킬 수 있습니다. 다른 사람에게 '노' 라고 말한 사람이 여러분에게 '예스' 라고 말한다는 것을 기억하십시오.

성장이 어떻다는 것을 배웠을지라도 자신을 돌본다는 것은 좋은 일입니다. 자신을 더 좋게 대접하기 시작할 때 세상과 사람들 속에서 더 많은 평화를 발견하게 될 것입니다. 여러분의 걱정 때문에 다른 사람을 책망하기 전에 여러분에게 문제가 있고 해법도 여러분에게 있다는 것을 깨달아야 합니다.

는 이야기를 한 바 있다. 정원에 뿌린 씨앗이 자라서 열매를 맺는 것과 같은 이치이다. 흙 속에 씨앗을 심고난 후에 그 씨앗을 심은 사람은 씨앗의 모습을 볼 수가 없다. 그러나 본인은 씨앗을 심었다는 사실을 알고 있으므로 계속해서 열심히 땅을 경작하기만 하면 열매를 얻게 된다.

본인이 심은 씨앗이 자라서 야채가 될 것이라는 타당한 믿음조차 없다면 열심히 경작하지도 않을 것이다. 씨앗이 열매를 맺으리라는 믿음을 갖고 계속해서 땅을 경작하다보면 곧 정원에 야채가 한가득 열린 것을 보게 된다.

씨앗을 심은 사람은 정원에 심은 씨앗이 야채가 되어 나타나리라는 것을 이미 이루어진 사실로 믿고 있는 것이다. 여러분이 처해 있는 상황도 이와 마찬가지이다. 곰곰이 생각해보면 누구나 그 이치를 알 수 있다. 여러분은 마음속으로 생각하는 모든 것을 성취할 수 있는 것이다.

마음속에 그림을 분명하게 그리자

우주의 보편적인 실상이나 생각은 눈에 보이지 않는다. 따라서 여러분은 소망하는 바가 현실로 나타나기 전에 이미 이루어진 것이라는 말을 확신하기가 어려울 것이다. 그러나 식물이 심어진 씨앗을 가꾸고 키워 원하는 열매를 얻기 위해 노력하듯이 생각의 씨앗을 심고 키워야만 한다. 무의식적으로 생각의 씨앗을 심기만 하고 전혀 노력하지 않으면 훗날 아무런 열매도 거두지 못한다. 그리고 상황은 조금도 개선되지 않을 것이다.

빈곤이나 불행, 질병은 한때 마음속으로 그런 생각을 품었던 탓에 나타난 결과이다. 부정적인 상황은 우리에게 무익할 뿐만 아니라 자연법칙에도 어긋난다. 보편 정신은 무한하다. 따라서 우리는 보편 법칙에 따라 구하기만 하면 원하는 것은 무엇이든 가질 수가 있다.

마음속에 소망의 그림을 분명하게 그리자. 매일 시간을 내서 명상을 하고 늘 꿈을 꾸자. 현재 자신이 처한 상황은 지금과 같이 의식적인 방법으로 과거에 자기 자신이 만들어 놓은 것이라는 사실을 명심하자. 오직 선한 일만을 추구하면서 매일 노력하는 가운데 소망이 이루어지는 날을 고대하자. 마음의 집을 매일 청결히 하고, 부정적인 생각을 몰아내고, 자신에게 이로운 생각을 하며 충실히 살자.

교회에 모여 비를 내려 달라고 기도한 사람들이 있었다. 그러나 그중에서 한 어린 소녀만 제외하고는 아무도 우산을 가져오지 않았다. 실제로 그들이 기도를 하는 도중에 비가 내렸다. 비가 올 것이라고 굳게 믿은 어린 소녀와 그 소녀와 함께 우산을 쓴 설교자를 제외하고 다른 사람들은 모두 비에 젖고 말았다.

순수하고 의문을 품지 않는 믿음. 이런 믿음이 있어야 소망하는 결과를 얻을 수 있다. 비가 오게 해달라고 기도했던 어린 소녀의 믿음은 너무나도 순수한 것이었다. 소녀는 조금도 의심하지 않고 비가 올 것이라고 믿었고, 그렇기 때문에 우산을 가져왔다. 긍정적인 생각을 가지면 반드시 그대로 이루어진다.

응용심리학의 사명은 인간과 보편 법칙과의 관계에 대한 진리를 설파하는 것이다. 우리 모두는 확고한 이해에 기반을 둔 순수한 믿음을 가져야 한다.

어린 시절에는 누구나 갖가지 색깔을 사용해서 장미빛 그림을 그린다. 오직 살아있다는 순수한 기쁨만으로 잔디밭을 구르며 웃고 떠든다. 앞으로 우리는 어린 시절의 환희와 믿음을 일부라도 되찾을 수 있도록 노력해야 한나.

전설에 따르면 하늘색깔처럼 파란색을 가진 파랑새가 있다고 한다. 그리고 그 새를 찾는 사람은 행복해질 수 있다고 한다. 하지만 누구나 그 새를 볼 수 있는 것은 아니다. 인간의 눈은 대부분 부와 명예, 지위 같은 화려함에 도취되어 진실을 보지 못한다. 도깨비불 같은 덧없는 명예에 속아 인생을 허비하는 경우도 많다. 마음의 눈을 뜬 사람, 즉 어린 아이처럼 순진하고 단순한 믿음을 가진 사람만이 파랑새를 볼 수 있다. 그리고 언제까지나 행복을 노래하는 파랑새를 곁에서 볼 수가 있다.

― 《새로운 심리학(New Psychology)》에서 인용

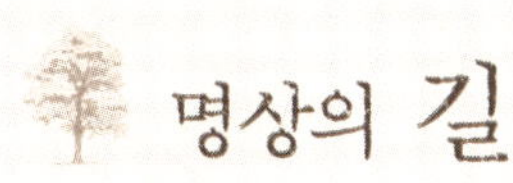

명상의 길

　당신의 꿈과 상상에 주의를 기울여 보라. 더 커다란 평화를 창조하는 방향을 당신에게 알려주는 영혼의 정보처럼 보아라. 눈을 감아라. 그리고 과거를 기억하기 시작하라. 그리고 당신의 미래를 알리도록 허락하라. 여기에 당신이 출발할 몇 가지 방법이 있다.

　당신이 어렸을 때로 되돌아가 생각하라. 당신이 자랄 때 원했던 것을 기억하라.

　학교에서 가장 잘 했던 과목은 무엇이었는가?

　오늘날 아직도 그런 관심들을 갖고 있는가? 만일 그렇다면 당신의 현재의 삶 속에서 어떻게 그들을 개발할 수 있을까?

　당신이 어렸을 때 "재미있던 날"을 생각한다면 어떤 날일까?

　아마 커다란 크레온 박스가 주어졌을 때일지도 모른다. 그리고 하루 종일 그리는 것이 허용되거나, 엄마와 함께 정원을 가꾸거나, 레고 쌓기를 크게 세웠을 때가 아닐까?

　당신이 포기한 것들의 경력은 어떻게 생긴 것일까? 당신이 다시 돌아오기를 원하는 것은 어떤 것일까? 만일 당신이 필요한 돈을 모두 가졌다면 이상적인 날, 주일, 달, 일년 동안 무엇을 할 것인가?

　당신이 죽기 전에 성취하기를 원하는 일 다섯 가지를 생각하라. 그 목록을 돌아봤을 때 무엇이 나타날까? 당신을 흥분시키는 어떤 대답이 있을까? 어느 것을 행동함으로써 흥분과 즐거움이 올 수 있을까? 그리고 여기에 참된 질문이 있다. "당신은 아직도 흥미가 있는가?"

11 내면의 자석을
만들어라

정신력은 자석과 같다

내일 닥쳐올 문제점은 바로 오늘에서 비롯되는 것이다. 살아가는 동안 생각의 방향을 어떻게 잡느냐에 따라 성공할 수도 있고 실패할 수도 있다. 여러분은 마음속에 어떤 생각을 담고 있는가? 어떤 곳을 헤매고 있으며 어떤 열매를 수확할 것인가? 어린 시절 마지막 남은 은화로 자석을 사서 즐겁게 놀았던 것을 기억하고 있는가? 우리는 자석을 가지고 바늘, 못, 철 조각을 집어 올리며 싫증도 내지 않고 재미있게 놀았다.

'인력(引力)의 법칙'이 작용하는 방식은 자석과 같다. 사람들은 인력의 법칙에 따라 자신이 생각하는 방향으로 끌리게 된다. '뿌린 대로 거둔다.'는 말은 인력의 법칙을 두고 한 말이다. 사람은 누구나 마음속에 품은 생각을 물질세계에서 실현하며 살고 있다. 그리고 우주의 보편적인 표현의 법칙에 따라 잠재의식에 쌓아둔 생각이나 감정, 욕구 등을 객관적인 형태로 드러낸다.

잠재의식의 법칙은 주로 암시에 기반을 두고 있다. 잠재의식은 사고(思考), 추론, 비교평가, 판단, 거부와 같은 의식작용을 하지 않는다. 좋고 나쁨의 구별 없이, 건설적이냐 파괴적이냐에 관계없이, 그저 의식이 제공한 단서를 모두 받아늘인다. 따라서 인생에서 성공하려면 잠재의식에 소망, 야망, 용기, 결단, 열정, 신념 등 긍정적인 생각을 차곡차곡 쌓아 나가야 한다. 이외에도 다른 사람에 대한 사랑과 궁극적인 선에 대한 신념을 품고 있어야 한다.

소망을 성취하는데 필요한 힘이 자기 내면에 있다는 믿음을 갖자. 스스로 자신에 대한 신념이 있어야 성공할 수 있다. 마음속으로 자기 능력을 제한하지 않으면 실제로도 무한한 능력을 발휘할 수 있다. 보편 정신은 모든 것을 보고, 모든 것을 알며, 모든 것을 가능하게 한다. 자신이 스스로에게 갖고 있는 신념, 믿음, 목표의식 만큼, 보편 정신의 절대적인 힘을 공유할 수가 있다. 정신력이라는 것은 마치 자석과 같아서 원하는 모든 것을 끌어당기고 소망을 현실화시킨다.

여러분이 변화를 원한다면 새 옷을 사고, 이사하고, 실내장식을 바꾸고, 새 직장으로 바꾸고, 화장실을 청소하는 등등을 시작할 것입니다. 하지만 그것은 여러분을 변화시킬 수 없습니다. 행동만이 당신을 변화할 수 있습니다. 여러분이 변화하기 위해서는 내적으로 출발해야 합니다.

내적으로부터 변화해야 한다는 뜻이지요. 근본이 바뀔 때 나머지가 따라옵니다. 여러분이 진실로 되기를 원하는 사람처럼 행동할 때 비로소 변화하기 시작하고, 내적으로 작동하기 시작합니다. 여러분이 내적으로 차이를 만들 때 외적으로 영향을 미치고, 그때에야 비로소 모든 사람들이 새로워진 여러분을 깨닫게 될 것입니다. 여러분은 어떤 변화를 만들고 싶습니까? 여러분이 어떻게 되기를 바라는지 결정하십시오. 그리고 그런 변화를 작동하고 여러분이 이미 그렇게 된 것처럼 행동하십시오.

새로운 생각으로 길을 찾자

현재 마음속에 담고 있는 생각이 얼마나 가치가 있는지 다시 한번 평가해보자. 사람은 사소한 것에서부터 규모가 큰 것까지 무엇이든지 마음속에 이미지화 할 수 있다.

그 다음 창조적인 상상력을 발휘하자. 일단 생각을 해 보자! 현 상태 그대로가 아니라 앞으로 이렇게 바뀌었으면 좋겠다는 식으로 상상의 나래를 펼쳐 보자. 그리고 자신이 만들어 낸 상상을 늘 마음속에 담아두자. 본인이 원하는 직책이 있으면 그 직책이 이미 자기 것이라고 생각하고, 그 일을 하고 있는 자기 모습을 상상해보자. 그리고 훈련이나 교육이 부족하다는 등의 방해요인이 나타나지 않도록 미리 대비하자.

여러분은 책을 통해서 얻는 지식보다 훨씬 많은 것을 잠재의식에서 얻을 수 있다. 교육을 받으면 성공할 가능성은 높아지겠지만, 가장 비참하게 인생에서 실패한 사람들 중에는 높은 수준의 교육을 받은 사람들도 있었다. 오히려 앤드류 카네기(Andrew Carnegie) 같은 사람은 성공하기 전에 많은 교육을 받지는 못했지만, 수백만 달러를 번 후에 따로 선생을 고용해서 필요한 교육을 받은 것으로 알려져 있다.

벤자민 프랭클린(Benjamin Franklin)의 아내는 프랭클린이 필라델피아에 처음 도착했을 때 그의 보잘 것 없는 외모를 보고 비웃었다고 한다. 그러나 오늘날 우리는 전기불을 켤 때마다 프랭클린을 떠올리며 감사하고 있다.

아브라함 링컨(Abraham Lincoln)은 서부 변경의 외딴 오두막집에서 태어났다. 그의 집은 매우 가난했고, 그의 외모는 볼품이 없었다. 그러나 링컨은 강인한 정신력으로 온갖 난관을 극복했다. 그리고 마침내 미국 대통령이 되어 모든 사람들의 마음속에 깊은 인상을 남겼다.

현대는 마음의 시대이다. 오늘날 인류는 과거 어느 때보다도 화려한 문명을 이룩하고 있다. 기술 발달로 노동 강도는 훨씬 줄어들었고, 과학 기술의 발전으로 인간 행동의 저변에 놓인 원칙과 진실이 밝혀지고 있다. 무엇보다도 값진 발견은 삶이 단순한 우연의 연속이 아니라, 인과관계의 법칙에 따라 만들어지고 있다는 사실을 알아낸 것이다.

인생을 제대로 살려면 올바른 생각을 해야 한다. 우리는 대부분 다른 사람들이 어떻게 생각할까 하며 신경을 곤두세우고 산다. 그러면서도 진리를 탐구하는 것은 두려워한다. 그리고 우리가 부딪치며 살아가는 일상적인 업무, 정치, 종교, 사회적 관계는 보통 유전이나 환경의 영향을 받는다.

탐험가나 예언자, 제국 건설자는 상투적인 삶에 머물지 않고 늘 새로운 생각을 하면서 길을 찾아나서는 사람들이다. 그들은 아무것도 두려워하지 않는다. 우리도 낡고 오래된 편견,

무지, 미신을 떨쳐버려야 한다. 지금 이 세계에 필요한 것은 온 인류를 석기 시대에서 끌어내줄 진정한 사상가이다.

> 원인과 결과는 사상의 감추어진 영역에 속하는 것으로 절대적이며 예외를 허용하지 않는다. 가시적인 세계 및 물리적인 사물도 이와 같다. 우리의 마음은 성격을 구성하고 삶의 환경을 만드는 주체이다.

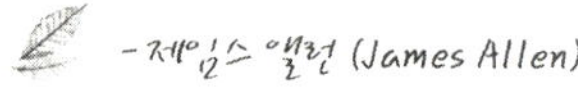

명상의 길

편안하고 평화를 느끼는, 좋아하는 장소가 있는가? 집이라도 좋다. 당신이 좋아하는 의자이거나, 현관, 또는 목욕탕 속도 좋다. 아마 그런 곳이 당신의 집 밖일 수도 있다. 집에서 금방 갈 수 있는 호수가 있다. 나는 가끔 점심 때 그곳에 가서 오리와 거위가 점잖게 헤엄치는 것을 본다.

만일 자신의 특별한 장소가 없다면 그런 장소를 만들어라. 이 책이나 당신의 일지를 갖고 가라. 당신이 할 것은 아주 간단하다. 그저 참여하라. 당신 주변을 관찰하라. 당신의 환경을 택하라. 숨을 쉬어라. 안정하라. 주변과 자신을 일치하라. 천천히 하라. 만일 당신이 자신의 방황을 발견한다면 현재의 순간으로 간단히 돌아오라. 성스러운 게으른 시간을 만들어라. 당신의 축복을 느껴라.

12 무한한 자산을 이용할 줄 아는 지혜를 길러라

우리의 생각이 운명을 만들어간다.
우주 만물도 그렇게 만들어졌다.
생각은 운명의 별칭이라고나 할까.
그대, 자신의 운명을 선택하고 기다려라.
사랑은 사랑을, 증오는 증오를 가져오나니.

－밴 다이크
(Van Dyke)

오늘의 결과는 내가 만든 것이다

'풍요'는 자연의 속성이다. 자연은 언제나 우리에게 모자람이 없이 베풀어주고 있다. 씨앗은 자라서 수십, 수백, 수천 배의 열매를 내준다. 자연은 창조하는데 인색한 구석이 없다.

이와 마찬가지로 누구나 건강, 행복, 번영을 풍성하게 누릴 수 있다. 어떤 결과가 닥칠지는 순전히 스스로에게 달려 있다. 삶에는 인력(引力)의 법칙이 끊임없이 작용한다. 그러므로 기존의 조건이나 상황과는 관계없이 우리는 언제나 스스로 선택한 결과를 맞게 되는 것이다. 이는 온 우주에 적용되는 분명한 진리이다. 지금부터 하나씩 증명해보자.

친구들 중에서도 특히 활력으로 넘쳐나는 사람이 있을 것이다. 그는 늘 명랑하고 희망에 차 있으며 눈부신 미소를 짓는다. 그리고 하는 일마다 성공한다. 여러분은 아마도 이렇게 말할지 모른다. "정말 운 좋은 놈이야."

한편, 늘 불평불만에 가득 차 있는 친구를 생각해보자. 그런 사람은 하는 일마다 꼬여서 병에 걸리거나, 파산을 하거나, 사기를 당하는 등 온갖 불행한 일을 다 겪는다. 또, 매우 인색하고, 마음이 편협한 친구도 있을 것이다. 그는 항상 트집을 잡는다.

자, 이제 위와 같은 사람들에 대해 생각해보자. 그들의 건강 상태나 지금 처해 있는 상황이 그들의 심적 태도와 정확히 일치하고 있지는 않는가?

평소 생각하는 바가 그대로 몸 상태와 환경에 드러나고 있다는 사실을 알게 되는 순간, '아! 보편 정신은 정말 공평하구나.'라는 말과 '자신이 내뱉는 말이 스스로 짐이 된다.'라는 말의 참뜻을 이해할 수 있으리라.

사람마다 사는 모양새가 다른 것은 각자 생각하는 바가 다르기 때문이다. 건강해지고 싶으면 건강에 마음을 집중하고, 사랑받고 싶으면 형제를 사랑하고, 풍요를 누리고 싶으면 마음을 풍족하게 하자. 이것이 바로 자연의 법칙이며 영원한 선(善)을 얻는 유일한 방법이다.

가령, 통 위에 여러 개의 철 조각을 올려놓았다고 가정해보자. 그 통을 움직일 때마다 통 위에 놓여 있던 철 조각은 아래로 떨어질 것이다. 그런데 통 아래에 자석을 붙여 놓으면 어떻게 될까? 그러면 통을 거꾸로 뒤집어도 철 조각은 통에 단단히 붙어 있게 된다. 우리 인생도 이와 마찬가지이다. 소망하는 바를 꼭 붙들기 위해 마음속에 자석을 마련해 놓으면 소망은 흔들리지 않는다. 그리고 언젠가는 소망이 현실로 이루어지게 된다.

원하는 것을 얻기 위해 열심히 일하는 사람들의 삶은 매우 순조로워 보인다. 그런데 예상치 못한 일이 생겨 그들의 노력이 물거품이 되어버릴 때도 있다. 이런 상황을 피상적으로만 보면 마치 행운이나 불운으로 일이 그렇게 된 것처럼 보인다. 그런 결과가 있게 한 원인을 보지 못하면 그렇게 느낄 수밖에 없다.

좋은 것이든 나쁜 것이든 결과가 발생한 데에는 그 원인이 있다. 그리고 결과에 대한 원인은 당사자의 마음에서 비롯된

것이다. 이는 틀림없는 사실이다. 그러므로 물리적 상태 및 환
경을 평가해보면 당사자의 마음 상태가 어떠한지 알 수 있는
것이다.

여러분 마음속에 꼭꼭 걸어 잠근 여러분이 경험한 온갖 일
들을 생각해 보십시오. 그것은 마치 여행 옷 가방과 똑같다
고 생각합니다. 차곡차곡 개켜서 꽉 담고 열쇠를 채우지요.
때때로 우리는 우리의 삶을 그렇게 마음속에 꼭꼭 담고서
삶의 여행길을 떠납니다. 그 과정에서 우리는 여행의 아름
다움을 파괴하기도 하지요.

그 가방을 열고 내적인 우리 자신을 꺼내놓는 것을 배워야
합니다. 우리는 그런 쓸모없는 사건의 옷가방이 아니라, 보
물 가슴으로 살아가기를 마음은 바랍니다. 하지만 우리를
상처준 사건들만이 가득합니다. 그것들은 꺼내놓지 않으면
고칠 수 없다는 것을 잘 압니다. 그렇지 않으면 존재의 깊은
지평에서 계속 상처당한 채 살아갈 것도 알고 있습니다. 암
으로 죽어간 가브리엘 가르시아 마르케스가 말합니다.

"당신으로부터 그렇게 많은 것을 배웠지만, 이 옷가방 속에
서 그들을 꺼낼 때 불행하게도 나는 죽어가고 있었기 때문
에 그다지 많이 이용하지 못했다."

빛나는 마음과 사랑으로 가득한 보물 가슴을 갖고 여행해봅
시다. 그러면 당신의 여행은 더욱 편안할 테니까요.

진리를 알면 자유로워진다

인간의 발전을 가로막는 가장 큰 장애물은 맹목적으로 전례(前例)를 따르는 것이다. 사람들은 다른 사람들이 하는 행동을 무조건 따르는 경향이 있다. 어떤 원칙이 미신에 근거를 둔 것인지, 과학적인 사실에 근거를 둔 것인지를 따져보지도 않고, 그저 다수가 믿는 것이라면 수긍해버리는 것이다.

이런 식의 믿음이 마음속에 일시적으로 머문다면 크게 해가 될 것은 없지만, 잠재의식 속으로 파고들어 생활에 직접 영향을 주는 경우도 있다. 즉, 무의식적으로 기존의 믿음에 맞지 않는 새로운 생각은 무조건 반감을 느끼는 식으로 좋지 못한 영향을 받게 된다. 이것이 바로 오랫동안 굳어져온 관습을 깨기 어려운 이유이다.

잘못된 부분을 고칠 수 있는 유일한 방법은 바로 진리를 깨닫는 것이다. 마음이 모든 것을 창조하는 주체이며, 각자 원하는 상황을 마음속에 그림으로써 몸과 주변 상황에 의식적으로 영향을 미칠 수 있다는 것을 느끼는 것이다.

생각이 건강 상태와 환경에 직접 영향을 줄 수 있다는 점은 우리 모두 어느 정도 공감하고 있을 것이다. 생각을 완벽하게 통제할 수 있을 때 사람은 절대적으로 자유로울 수 있다. 진리를 깨닫는 순간 자유롭게 된다고 예수도 말하지 않았는가?

사람마다 생각하는 방향과 원하는 바가 다르다. 풍요롭게 사는 사람이 있는 반면, 빈곤하게 사는 사람도 있다. 어떤 사람에게는 재미있는 일이 다른 사람에게는 지루한 일일 수도 있다.

누구나 고갈되지 않는 영적 자산인 생각의 힘을 이용하여 각자 소망하는 바를 이룰 수 있고, 잠재의식에 원하는 바를 새겨 넣어 건강하고 행복하며 풍요로운 삶을 누릴 수 있다. 이 진리를 알게 된 순간, 우리는 창조주의 권능, 지혜, 공의를 이해하게 된다. 이는 너무나도 간단하고 분명한 사실이며 우주 전체에 적용되는 진리이다.

가령, 소망하는 바가 무엇이든 그것을 실현시켜 줄 수 있는 재료가 가득한 저장소를 보유하고 있다고 가정해보자. 여러분에게 자녀가 있다면 여러분은 그들이 원하는 바를 효율적인 방법으로 모두 이루어 주고 싶을 것이다. 여러분은 자녀들에게 이렇게 말할 것이다.

"여기에 무한한 재료가 있다. 너희가 마음에 품고 있는 바에 따라 선한 것도, 악한 것도 만들어낼 수 있다. 각자 선택과 판단을 한 다음 가져가라."

마음속으로 원하는 대로 생각의 씨앗을 뿌리면 곧 그 결과를 수확하게 된다, 이 때 주의해야 할 점이 있다. 마음속에 분노나 질투, 비난 같은 부정적인 생각을 품으면 안 된다는 것이다. 그런 생각을 하면 자기가 원하는 것이 이루어지더라도 좋지 못한 결과도 함께 따라올 것이 분명하기 때문이다.

가족이 여러분의 행실을 갖고 불만을 토로할 때 "그건 내 천성이야."라고 말해 보십시오. 그 말이 여러분의 등 뒤에서 하는 말을 제거할 것이고, 그 행동을 여러분이 지속하면 불만도 멈추게 될 것입니다. 물론 남의 등 뒤에서 하는 말은 좋지 않지요.

어째서 우리는 제2의 천성을 갖고 그렇게 저항할까요? 어째서 우리 행실이 변하지 않을까요? 높은 이혼율이라거나 직장이 자주 바뀌는 세상이 되고 말았습니다. 어째서 우리의 천성이 변화와 친절을 좋아하지 않을까요?

폭풍우가 몰아치는 계절에도 자연은 친절합니다. 우리가 자연을 닮았다면 우리는 인공적인 자연─벽 뒤에 숨어서 나타나기를 싫어하며 완고함을 연출하고, 아무런 설명도 없고, 변명도 없는─을 보호하기보다 오히려 참된 자아가 존재할 수 있도록 우리도 다양화할 수 있습니다.

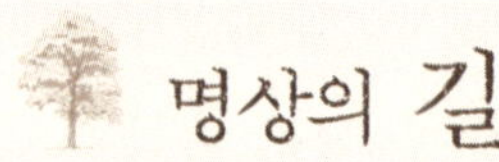# 명상의 길

여기 퀴즈가 있다. 진실한 것을 체크하라. 정직하게 하라. 당신 이외에 그 누구도 이것을 볼 수 없다.

나는 매일 근본에 지배되는 것을 느낀다.

나는 나 이외에 모든 사람을 위해서 살아간다고 생각한다.

나는 절망을 느낀다.

나는 잠을 잘 자지 못한다.

나는 항상 피곤하고 변덕스럽다.

나는 열심히 매일을 기대한다.

나는 재미있는 시간과 보답하는 일을 선택한다.

나는 열광적인 것을 느낀다.

나는 잘 쉰 느낌으로 깬다.

나는 날마다 새날을 맞으면 정력이 넘치는 것을 느낀다.

이 작은 퀴즈에 커다란 비밀은 없다. 당신에게 점수를 매기려는 것이 아니다. 첫 번째 다섯 개의 문장에 체크가 얼마나 많았는지 관찰하려고 당신을 초대한 것이다. 그리고 두 번째 다섯 개에도 마찬가지이다. 대답은 명백하다. 당신을 소모시키는 것들을 흘러가게 하고, 당신을 흥분시키고 부추기는 것으로 대치하려는 것이다.

13
빵 굽는 방법을 알아야 맛있는 빵을 만들 수 있다

우리는 결과만 의지하며 살고 있다

현대는 마음의 시대이며, 탐구의 시대이자 발견의 시대이다. 인류 역사상 가장 위대한 발견은 아마도 생각의 힘을 발견한 것이 아닐까?

아직까지도 사람들은 대부분 이 위대한 발견에 대해 알지 못하고 있다. 오랫동안 현상세계에만 익숙해진 채로 살아온

까닭에 잠재의식의 강력한 힘을 전혀 모르고 있는 것이다. 즉, 겉으로 드러나는 힘만 의지하고 잠재의식의 힘을 제대로 사용하지 못하고 있다. 우리는 지금까지 정신력의 10% 정도만 사용하고 있다. 사용되지 않은 나머지 90%가 바로 잠재의식이다.

지금까지 우리는 10%의 정신력을 효과적으로 사용하기 위해 보통 오감(五感)으로 입수한 증거에 매달려왔다. 그래서 이상화, 시각화, 집중, 실현이라고 하는 잠재의식의 놀라운 힘을 전혀 사용하지 못했다.

원인은 전혀 생각하지 않고 결과에만 매달려 살면서 인류는 질병이나 빈곤, 가난에 시달렸다. 이는 어찌 보면 당연한 현상이 아닐까? 눈에 보이는 물리적 사물은 그 안에 고유한 힘을 가지고 있지 않다. 눈에 보이는 모든 것은 생각의 소산이기에 우리는 눈에 보이는 조건이나 상황, 이면에 놓인 진리를 깨달아야 한다.

오감이라는 감각기관을 통해 묘사할 수 있는 환경은 생각이 현실화된 결과이다. 현재 처해 있는 상황이 만족스럽지 못하다면 마음속으로 새로운 상황을 상상해보자. 현재의 처지는 잊어버리고 상상에 매달리자. 자기 안에 있는 힘을 깨달으면 진정 인간을 자유롭게 하는 진리를 얻게 된다.

이와 같은 진리가 얼마나 중요한 것인지 가슴속에 절절히

와 닿는가? 잠재의식의 힘을 사용하기 전에 그 힘의 중요성
을 먼저 알아야 한다. 신체와 주변 상황에 변화를 가하려면
자신에게 잠재된 능력을 현실화, 혹은 의식화해야 하기 때문
이다. 내적인 자아의 힘을 믿고 그 힘을 키워 강건하게 만들
자.

지식(知識)은 그 값을 매길 수 없을 정도로 귀중하다. 천문
학자는 혜성의 출현을 예고하면서도 혜성 때문에 마음이 흐
트러지지 않는다. 그러나 혜성이 왜 나타나는지 그 원리를 모
르는 미개한 사람들은 미지의 것에 대해 공포심을 갖는다.

그래서 옛날 사람이나 미개인은 혜성을 숭배했다. 소망하
는 바를 현실로 만들고 조건을 통제할 수 있는 내면의 힘을 알
고 있는 사람은 어떤 상황에서도 침착하고 자신감을 잃지 않
는다. 자신에게 내재된 힘을 알지 못하는 사람일수록 상황이
바뀌면 심하게 동요한다.

우리는 눈에 보이지 않는 영적 자산을 이용하여 겉으로 드
러나는 자기 모습을 만들고 주변 상황을 구축한다. 그 결과가
현재 우리가 처해 있는 상황이다. 무언가를 원할 때에는 우선
마음속으로 소망하는 바를 그려야 한다. 미래의 모습은 현재
의 모습에 기반을 두고 있으며, 현재의 모습은 과거에 우리가
어떤 생각을 해왔느냐에 달려 있다.

빵을 만드는 법을 아는 여성은 밀가루, 우유, 소다, 소금, 쇼

여러분 자신에 대해서 더 잘 알기를 원한다면 용기가 있어야 합니다. 있는 그대로의 자신을 보기보다 가면 뒤에 숨겨진 모습을 보기가 더 어렵기 때문이지요. 많은 사람들이 우주의 중심에 있기 때문에 변화가 필요 없고 완전하다고 생각하지요. 하지만 그들은 문제가 있습니다.

만일 여러분이 자신을 알고 더 변화하기를 바란다면 여러분의 부족, 두려움, 허약함, 잘못 등등을 받아들여야 합니다. 남이 여러분을 항상 대접해주기를 바란다면 자신을 아는 것이 두려울지도 모릅니다.

그러므로 잠시 완전히 홀로 시간을 보내십시오. 그리고 당신이 어떻게 느끼는지 알아보십시오. 여러분이 편안하다면 자신을 아는 과정에 있다고 말할 수 있지요. 자신을 안다는 것은 즐겁게 자신과 함께 존재한다는 뜻입니다. 그렇게 함으로써 혼란스러움이나 탈출하고 싶어 안달하는 마음이 삶을 지배하는 것을 멈출 수 있고, 여러분의 삶이 즐거움으로 채워지는 것을 선택할 수 있습니다.

트닝을 가지고 맛있는 빵을 만들어낸다. 그 여인이 만든 빵이 맛이 있다면 그것은 사용된 재료의 품질이 우수하기 때문일 것이다. 영적 자산도 이와 마찬가지여서 우리는 내면의 힘을 자각하고 늘 좋은 생각을 품고 살아야 한다. 그래야 건강하고 행복한 삶을 살 수 있기 때문이다.

한편, 요리를 제대로 할 줄 모르는 여성에게 최고의 요리 재료를 주면 어떻게 될까? 그 여성은 아마 먹지도 못할 만큼 맛없는 빵을 만들 것이다. 맛있는 요리를 하고 싶은 의욕은 넘치겠지만, 요리 방법을 모르기 때문에 실패할 수밖에 없다.

모든 상거래 및 직업 세계에도 이와 같은 규칙이 적용된다. 명인의 손을 거쳐야 원재료의 가치를 잘 살린 물건이 만들어질 수 있다. 그 명인이 뛰어난 솜씨를 갖추기까지는 상당히 오랜 세월이 걸렸을 것이다.

우리도 주어진 조건 하에서 끊임없이 노력하다보면 능력을 키울 수 있다. 반복해서 노력하는 가운데 자신감을 얻고 나름대로 신념과 힘을 갖게 되면 결국 내면의 창조력을 사용할 수 있게 되는 것이다. 정신을 집중하지 않으면 어떤 일을 하더라도 성공하기 어렵다는 사실을 명심하자.

마음의 착상을 시각화하라

오감(五感)으로 받아들인 사실적인 정보에만 의지하여 진리를 보지 못하는 어리석음을 범하지 말자. 심리학은 다수에게 적용되는 학설이므로 의심할 여지없는 사실만을 다룬다.

예전에 사람들은 지구가 둥글다는 사실을 인정하지 않으려고 했다. 과학자들이 태양계의 중심에는 태양이 위치하고 있으며, 지구는 태양 주위를 돌고 있다는 걸 밝혀냈을 때 처음에는 다들 그럴 리가 없다고 생각했다.

오랜 세월 동안 지구는 평평하다고 배워왔다. 태양이 아침마다 뜨고 저녁이면 지기 때문이었다. 또 태양이 하늘을 가로질러 서쪽 언덕으로 지는 걸 누구나 두 눈으로 보기 때문이었다. 하지만, 오늘날 지구는 둥글고, 1년 주기로 태양을 돌며, 24시간을 주기로 자전하고 있다는 사실을 의심하는 사람은 아무도 없다.

단순히 오감으로 입수한 현상 정보만을 가지고 어떤 현상이 진리인지 아닌지 판단하지 말아야 한다. 주변에 가난하고 질병에 시달리는 불행한 사람이 많다고 해서 그와 같은 부정적인 현상이 자연의 법칙 중 일부라거나 필연적인 것이라고 믿을 필요는 없는 것이다. 그와 같은 현상은 필연적인 것도 아니고 자연법칙에 따른 것도 아니다. 오히려 매우 부자연스러운 현상인 것이다.

불행하게 사는 사람들은 자연이 내려준 좋은 재료를 제대로 활용하지 못하고 망쳐버렸기 때문에 그렇게 살고 있는 것이다. 요리를 못하는 여성이 좋은 재료를 망치고 맛없는 요리를 만들어내는 것처럼 말이다.

세상만물에 적용되는 법칙은 모두 동일하다. 우리가 그 법칙을 이해하고 법칙에 따라 행동하면서 꿈을 이루기 위해 노력하면 꿈은 반드시 실현된다. 평화나 행복, 번영은 사람이라면 누구나 마땅히 누릴 수 있는 자산인 것이다.

이것으로 알 수 있는 것은 우리가 내면의 정신력에 의지하면 '바라는 것은 무엇이든' 완전히 이룰 수 있다는 사실이다. 꿈을 이루고, 상황을 개선하려면 우선 자신에게 내재된 힘을 자각해야 한다. 그 다음, 생각의 씨앗을 뿌리고 구하고자 하는 바를 마음속으로 시각화해야 한다. 어떤 어려움이 닥치더라도 흔들리지 말고 소망하는 바에 집중해야 한다. 이렇게 했을 때 비로소 악이나 두려움 따위는 존재하지 않는다.

원만하지 않은 상황은 단지 겉으로 보이는 현상일 뿐이라는 사실을 명심하자. 생각으로 빚어진 상황이기 때문에 생각의 방향을 바꾸면 그런 상황에서 곧 벗어날 수 있다.

우리는 개별화된 영으로써 각자의 성격과 믿음에 따라 나름으로 주변 상황을 구축하며 살아간다. 힘과 신념, 자존심, 친구에 대한 사랑을 마음속에 품고 사는 사람에게는 항상 좋은 일이 생길 것이고, 형제들에게 노여움과 비판의 칼을 들이대는 사람에게는 반드시 좋지 못한 일이 생기고 말 것이다. 이는 던진 사람에게 되돌아오는 부메랑의 원리와도 같다.

찰스 하날(Charles Hanaal)은 그의 저서《새로운 심리학(New Psychology)》에서 다음과 같이 말했다.

'오직 마음을 통해서만 오감(五感)으로 분석할 수 없는 곳까지 닿을 수 있다. 우리가 처해 있는 물리적, 환경적 결과의 원인은 바로 마음이다. 마음속에서 모든 질병의 치료법과 고난의 해결책을 찾아낼 수 있다. 창조주가 인류의 진정한 자유를 위해 우리에게 '마음' 이라는 선물을 준 것이다.'

인류 전체를 위해 선(善)을 실현하려면 가장 지적이고 논리적인 방법을 이용하는 것이 합당하지 않을까? 우리는 누구나 마음속에 자기만의 커다란 야망과 간절히 원하는 꿈을 실현할 수 있는 잠재적인 힘을 가지고 있다.

플로리다 이스트 코스트 철도를 만든 헨리 M. 플래글러(Henry M. Flagler)도 자신이 거둔 성공은 마음속에 담아둔 착상을 시각화하고 현실화할 수 있는 힘이 있었기 때문이라고 말했다.

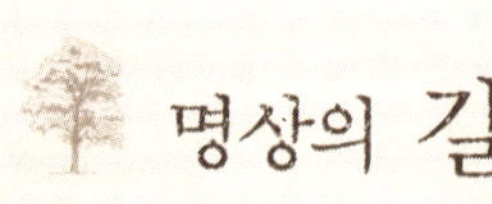

명상의 길

삶은 연속적으로 오르고 내리는 것을 우리에게 선사한다. 잘

가느냐 하는 것이 삶의 영역일지도 모른다.

눈을 감고, 몇 번 천천히 깊은 숨을 쉬어라. 그리고 아주 현명하고, 영적인 스승이 당신 건너편에 앉아 있다고 상상하라.

당신이 숨을 들이마실 때 깊은 사랑, 수용 등 안내자가 당신에게 보내고 있는 것을 감정이입하고 느껴라. 이런 질량으로 채워지고 둘러싸이는 것을 느낄 것이다. 잠시 동안 이 경험으로 앉아라.

당신이 스승에게 질문할 세 가지 질문이 있다. 그 대답을 듣기 위해 포즈를 취하라.

나는 지금 무엇을 배우고 있습니까?

나의 현재 상황에서 무엇으로 평화를 발견할 수 있습니까?

내가 해야 할 필요한 것이 있습니까?

눈을 뜨고 당신이 받은 대답을 써라. 마치 당신이 만들어낸 것 같은 느낌이 들지도 모른다. 단순히 감정으로 그 대답을 들었을지도 모르고, 마음속에 단어가 떠오를지도 모르고, 당신이 그 대답을 그저 알지도 모른다.

이것들은 모두 내적인 안내자가 당신에게 말하는 방식이다. 만일 대답이, 당신이 감지한 대답이 고요하게 느끼고, 덜 걱정스럽게 만드는 것이라면 당신이 받은 것이 신성한 명상에서 온 것임을 믿어라.

14
건강, 젊음, 아름다움도
마음먹은 대로 만들 수 있다

우리 몸은 11개월마다 바뀌고 있다

인간의 몸은 수백만 개의 세포로 되어 있다. 이 세포들은 몸 안에서 각자의 역할을 충실하게 해낼 수 있는 지능을 가지고 있다. 세포는 신체와 마찬가지로 먹고, 마시고, 움직이고, 재생하고, 음식물을 선택하고, 손상된 부분을 회복시키는 등의 활동을 한다. 또한 상처를 치료하거나 부러진 뼈를 붙이거나 세균을 파괴하는 일도 한다.

이와 관련하여 토마스 J. 허드슨 박사(Dr. Tohomas J. Hudson)는 다음과 같이 말했다.

'아무리 좋은 학교를 나온 뛰어난 의사라고 하더라도 환자의 몸 상태를 정상으로 되돌리기 위한 자연의 치유 과정을 보조하는 일을 할 뿐이다. 마음의 에너지야말로 진정한 치료약이다. 이는 아무도 부정할 수 없는 사실이다. 과학적 발견으로 우리는 몸이 지능을 갖고 있는 실체로 구성되어 있다는 사실을 깨달았다. 신체의 각 부분은 의무를 수행하기 위해 알맞은 지능을 갖추고 나름대로의 기능을 하고 있다.'

신체의 각 섬유조직이 활동하게 만드는 것은 마음의 에너지이다. 다른 조건들과 마찬가지로 건강은 의식의 문제이기 때문에 어떤 식으로 마음을 먹느냐에 따라 건강을 누릴 수도 있고, 병약해질 수도 있다. 마음은 몸의 각 기능을 지배한다. 마음을 빼고 나면 신체는 아무런 활기도 없고, 기둥처럼 무감각한 물질이 되어 버린다. 잠재의식은 마음의 유기체 각 부분을 지배하는 중심 지능 역할을 한다.

잠재의식은 의식에서 수용한 모든 암시와 믿음을 하나의 패턴으로 인식하여 작용한다. 따라서 우리의 건강 상태는 의식의 산물이라 하겠다.

여러분의 몸은 도예가의 손에 들어 있는 점토와 마찬가지로 주체적인 존재가 아니다. 도예가는 착상을 떠올리고 그에 따라 점토로 모양을 빚어낸다.

우리 몸도 마음속 생각과 믿음에 따라 그 상태가 결정된다. 심장이나 폐, 소화 기관은 마음이 내리는 명령을 수행한다. 복잡한 기관을 가지고 있는 우리 몸은 생각이 구체화되어 표현된 형태이며, 현재 신체 내 모든 기관의 상태는 지금까지 어떤 마음가짐으로 살아왔는지를 보여주는 결과물이다.

과학의 발달로 밝혀진 사실에 따르면 우리 몸은 끊임없이 변화하고 있다고 한다. 11개월마다 구성요소가 바뀌고 완전히 새로운 몸을 갖게 되는 것이다. 병든 신체 기관은 비정상적인 상태에서도 새로운 구성요소를 사용하여 몸을 새로이 구성한다. 과연 그 이유는 무엇일까? 기관의 형태를 결징하는 것은 특정한 착상(idea)이다. 그리고 잘못된 착상을 하면 우리 몸은 존재의 순수한 본질을 빼앗기고 병드는 것이다.

우리 몸이 일시적으로 의식의 지배를 받는 경우를 한번 생각해보자. 재미있는 생각을 하면 웃음이 나오고, 슬픈 생각을 하면 흐느끼게 된다. 화가 나거나 두려움에 휩싸이면 낯빛이 창백해지고, 당황하면 붉어진다. 이처럼 마음속에 어떤 생각을 담느냐에 따라 신체는 각기 다른 반응을 보인다. 이런 점을 볼 때 몸은 마음이 감정을 표현하기 위해 사용하는 도구에 불과하다는 생각이 든다.

잠재의식도 마찬가지이다. 잠재의식은 의식이 사실로 수용한 것을 일종의 패턴으로 자각하고 곧 몸에 그 변화를 나타나게 한다. 그리고 나약함, 질병, 결함, 불완전 같은 것은 단순한 실수에 불과하며 실질적인 것이 아니라는 점과 여러분의 잠재의식 속에 '보편 정신의 이미지와 모습'을 담으면 몸은 진리로써 완벽해지므로 모든 질병에서 자유로워진다는 점을 명심하자.

삶의 여백

여러분은 종종 밤하늘을 보십니까? 구름 없는 하늘을 수많은 별들이 아름답게 수 놓고 있습니다. 그것을 바라보면 누구나 경외감과 감사함을 느끼게 됩니다.

거기에 그 별들이 있도록 누가 했는지 여러분은 압니까? 관심이나 가져 보았습니까? 어쨌든 우리는 현재 여기에 있고, 우리도 경외로운 우주의 한 부분이라는 것은 사실입니다. 밤하늘을 올려다보는 순간 평화스러움이 떠오릅니다.

우리가 매일 저녁 밖으로 나가 잠시 동안 밤하늘을 올려다본다면 행운의 치료제를 발견할지도 모릅니다. 심리적으로 안정되지 못한 사람이나 정신적으로 불안한 사람이라면 매일 저녁 밤하늘을 바라보면서 무엇을 하고 싶은지 생각해 보십시오. 표현할 수 없도록 아름다운 빛으로 여러분을 치료하고 변화시켜 줄 것입니다. 여러분이 치료가 필요하다면 매일 저녁 밤하늘을 바라보십시오.

몸의 각 세포는 지시에 곧바로 반응한다

여러분은 매 순간 창조적인 생각의 힘을 사용하고 있다. 문제는 그 힘을 의식적이고 올바르게 사용해야 바람직한 결과를 만들어 낼 수 있다는 것이다. 명랑하고, 행복하고, 건설적이며, 사랑이 가득하고, 친절한 생각은 언제나 좋은 결과를 가져오지만, 걱정, 질투, 증오, 비난 같은 부정적인 생각은 결국 좋지 못한 결과를 가져온다.

몸의 각 세포는 지능이 있어서 몸의 지시에 곧바로 반응한다. 그리고 마음이 원하는 방향에 따라 패턴을 만들어낸다. 따라서 완벽한 이상을 잠재의식 속에 담아두면 창조적인 에너지가 생성되어 신체를 완벽하게 만들어준다. 그러므로 건강해지고 싶으면 전반적인 마음 자세를 건강하고 활력이 넘치는 방향으로 가꾸어야 한다.

자연의 모든 요소는 순수 그 자체이다. 그리고 자연 속에 존재하는 만물은 서로 조화를 이룬다. 그러나 결과 면에서 볼 때 인간은 존재의 완벽성을 배제하고 부정적인 사고를 통해 이 세상에 질병과 곤궁을 토해놓는다. 우리는 그간의 학습으로 말미암아 조화롭지 못한 조건을 이미 정해진 사실로 받아들이고, 세상에는 질병이나 빈곤, 불화가 존재할 수밖에 없다는 고정관념을 갖게 되었다.

시련을 소위 '죄악'에 대한 벌이라고 생각하는 이들도 있다. 세상에는 악한 모습을 띠고 있는 것이 너무나도 많다. 그러나 세상이 이 같은 부정적인 상황을 초래한 까닭은 우리가 진리를 알지 못한 채 악의 존재를 인정해 버리기 때문이다. 또한, 감각기관으로 받아들인 정보를 무조건 믿는 것에 익숙해져서 그것을 논리적으로 생각하지 않았기 때문이다.

보편 정신에는 부족하거나 결핍되거나 병든 부분이 없다는 것을 알게 되면 새로운 마음으로 세상을 보고 들으며, 걷고 웃을 수 있을 것이다. 이 모든 것은 개인적으로 수행해야 할 과제이다.

나는 마음의 힘으로 병을 고쳤다

10년 전 쯤, 나는 신경 쇠약을 앓았다. 그런데 검사를 받아보니 폐결핵이라는 진단이 나왔다. 의사는 나를 침대에 눕히고 쉬게 하면서 몸을 보양할 수 있는 식단을 처방해주었다. 2개월 후 나는 다시 건강해져서 활기에 넘치는 생활을 할 수 있었고, 그 후에는 한번도 병을 앓은 적이 없다.

나는 약을 먹은 것이 아니었다. 나는 순전히 마음의 힘으로 내 병을 치료했다. 솔직히 말하면 마음의 힘으로 치유를 해보겠다고 생각했을 때, 처음에는 눈에 보이는 결과가 없어 포기하고 싶을 때도 종종 있었다. 내가 확고한 결심을 하거나 의식을 재정비하기 전까지 이런 마음 상태가 지속되었다. 그러던 어느 날 다음과 같은 생각이 순간 머릿속을 스쳤다.

'내가 마음속으로 생각하는 것만이 현실로 이루어질 수 있다.'

나는 온 정성을 다해 창조적인 생각의 힘을 연구한 끝에 창조적인 생각의 작용 방식을 머릿속으로 이해할 수 있게 되었다. 그러나 마음으로는 생각의 힘을 의심했다. 내 감정이 그 생각을 받아들인 후에야 비로소 내 몸은 호전되기 시작했다. 결국 내 몸 상태가 좋아진 것은 잠재의식 속에 긍정적인 생각을 각인시켰기 때문이었다.

당시 모든 상황이 순조롭지만은 않았다. 그러나 나는 진리를 깨달았기 때문에 내 주위에서 돌아가는 상황을 이해할 수 있었다. 그러자 다시 상황을 바로잡을 수 있는 용기가 생겨났다. 내가 나아가는 길에 빛이 비추는 것을 느낄 수 있었다. 긍정적인 상황을 만들 수 있느냐, 없느냐 하는 것은 전적으로 나 자신에게 달린 문제였고, 나는 해낼 수 있다고 믿었다.

그와 같은 믿음은 나를 배신하지 않았다. 결국 나는 내 안에 잠재되어 있는 마음의 힘을 어떻게 사용하느냐에 따라 미래가 달라진다는 사실을 깨달았다. 나는 내 운명의 주인이자 내 영혼의 지배자였다. 나를 괴롭히는 악은 실재하지 않았고, 오로지 보편 정신만이 무한한 선으로 나를 감싸 주었다. 내가 한 일이라고는 그저 나의 한계를 인정하지 않고, 내가 원하는 바가 무엇인지를 확실히 한 다음 그것을 실현한 것뿐이었다.

우리는 의식이나 신념을 차근차근 쌓아가야 한다. 잠재의식에 특정한 인상을 각인시킨 후 수년 간 살아가다 보면 며칠 동안 힘든 상황을 겪는다고 해서 잠재의식에 새겨진 결심이 쉽게 사라지지는 않는다. 파괴적이고 비판적인 생각을 마음에서 몰아내고 건설적이고 사랑으로 가득하며, 조화로운 생각을 계속해서 마음을 채워 넣자.

인생의 진리에 접근해가는 동안 점차 자유로워지는 느낌을 받을 것이며 더욱 행복해질 것이다. 또 신념, 기쁨, 건강, 만족 같은 감정이 넘쳐나고, 우리 주변은 세상에서 제일 좋은 사람들로 가득할 것이다. 그리고 생활은 활력으로 넘쳐날 것이다.

사고방식이나 생활습관을 바꾸는 것은 결코 쉬운 일이 아니다. 사람들은 오감으로 받아들인 정보를 성급하게 판단하는 경우가 많고, 그 판단을 무시하기는 매우 어렵다. 그러나 누구라도 체계적이고 끈기 있게 노력하면 충분히 사고방식과 생활습관을 바꿀 수 있다. 그렇게 하려면 생각과 용기, 결단력, 인내, 자애, 신중함 등이 필요하다. 하지만, 그만큼 얻게 될 보상이 크기 때문에 충분히 노력할 가치가 있다.

과학을 통해 70살이면 완전한 노인이고, 나이가 들면 몸이 어느 책에서 본 글입니다.

유명한 화가가 죽어가는 아이와 부모가 있고 의사가 턱을 고이고 있는 그림을 그렸습니다. 그 그림을 의사들에게 펼쳐 보이며 물었습니다.

"이 그림에 맞는 제목을 붙여준다면 어떤 게 좋을까요?"

대부분의 의사들이 "너무 늦었어."가 좋다고 대답했습니다. 왜 그랬을까요? 그들이 의사를 보았기 때문이지요. 턱을 고이고 어린이를 도울 수 있는 뭔가를 생각하는 의사가 그들의 눈에 들어온 것이지요. 부모는 슬픔에 젖어 배경에 그려져 있습니다.

하지만 그것은 너무 늦은 것이 아닙니다. 잃음을 재생시키기 위해 의사가 그 부모들을 돕고 있기 때문이지요. 우리들 대부분은 그 잃음을 비참하게 준비하고 있습니다. 우리는 잃음을 부정합니다. 어린이한테 죽음에 대해서 토론도 못하게 하고 장례식에 참석도 시키지 않습니다. 애완동물이 죽으면 즉시 대치됩니다. 우리는 서로서로 돕는 것이 너무 늦지 않다는 것을 기억하기 바랍니다. 우리의 몸이 땅에 묻히는 것을 마술로 바꿀 수는 없습니다. 그러나 삶을 도울 수 있고 무덤가에 심을 꽃을 피울 필요는 없습니다. 누군가를 도울 필요가 있는 한 결코 너무 늦은 것은 아닙니다.

히약해질 수밖에 없다는 식의 노년에 관한 생각이 잘못되었다는 사실이 꾸준히 밝혀지고 있다. 우리가 나이를 먹고 병들고 힘이 없어지는 것은 노년과 질병에 대한 잘못된 믿음을 마음속에 담아두고 있기 때문이다.

모든 것은 작은 착상에서 비롯된다. 인간이 나이를 먹으면서 질병에 시달리는 것은 진리에 무지한 까닭에 존재의 법칙을 벗어나서 생활해온 그 대가를 치루고 있기 때문이다. 사람들의 마음속에는 빈곤, 질병, 노령에 대한 잘못된 믿음이 깊이 뿌리를 내리고 있다. 그리고 인간은 살아가면서 그처럼 잘못된 관념을 진실하고 당연한 것처럼 받아들인다.

보편적인 생명의 법칙에 따라 우리가 현재 처해 있는 상황은 이전에 요구했던 바가 그대로 현실로 나타난 결과인 것이다. 몸을 망쳐 가면서 푼돈이나 벌자고 죽기 살기로 살아온 사람은 몸이 쇠약해질 수밖에 없다. 보편적 실상에는 아무런 제한이 없고 원하기만 하면 다시 건강해질 수 있다는 진리를 깨닫기 전까지는 아마도 계속 쇠약한 상태로 살아갈 수밖에 없을 것이다.

모든 현상은 생각의 결과물이다

몇 년 전, 록펠러 연구소의 카렐 박사(Dr. Carrel)는 병아리 배아의 심장에서 조직을 추출하여 배양하는 실험을 했다. 그 조직은 생명을 유지하고 계속해서 성장했다. 그는 실험을 통해 살아 있는 세포는 적절히 보호를 받고 영양분을 섭취하면 무한한 생명력을 갖고 계속해서 성장한다는 사실을 밝혀냈다. 실험으로 살아 있는 세포의 생명력을 계속 유지하고 새로운 조직을 키워내는 방법을 알아낸 것이다.

이제 문제는 오래된 조직을 자동적으로 제거하는 방법을 알아내야 한다는 것이다. 만일 그 방법을 알아내기만 하면 인간의 생명은 무한히 연장될 것이다. 과학자들은 무한생명에 관한 자연의 비밀을 밝혀내기 위해 열심히 노력하고 있다. 그리고 인간은 그 비밀을 밝혀 자신들에게 유리한 방향으로 사용하려 한다.

스페인 출신 탐험가 폰세 데 레온(Ponce de Leon)은 젊음의 샘물을 찾아다닌 것으로 유명하다. 그 외에도 불로장생을 추구했던 사람들에 대한 재미있는 이야기는 많이 있다. 그러나 폰세 데 레온은 자신의 내면이 아니라 외부에서 젊음을 찾으려 했기 때문에 결국 젊음의 샘물을 찾는데 실패하고 말았다. 나이는 세월의 문제가 아니며 상황의 문제일 뿐이다. 지금까지 몇 년 동안 살아왔느냐는 전혀 중요하지 않다.

세포 나이로 말하자면 여러분의 몸은 기껏해야 11개월 정도밖에 되지 않기 때문이다! 우리 몸은 끊임없이 새로운 세포를 생성하고 있다. 정수리부터 발바닥에 이르기까지, 모든 장기 세포를 비롯하여 몸의 각 부분은 11개월을 주기로 완전히 새로 태어나고 있다.

체세포는 오래된 세포를 없애고 새로운 세포를 만들면서 몸을 구성한다. 그렇다면 왜 나이를 먹으면 남들이 보기에 늙어 보이고 스스로도 늙었다는 기분이 드는 것일까? 나이를 먹었으니 그렇게 보이거나 느껴질 수밖에 없다고 스스로 믿어 버리기 때문이다. 쇠퇴나 죽음의 원칙 따위는 보편 법칙에 존재하지 않는다.

생각이 늙으면 몸도 늙는다

오랫동안 자주 어떤 말을 듣다보면 그 말을 진심으로 믿게 된다. 필자가 이 책에서 같은 내용을 계속해서 반복하는 이유도 바로 그 때문이다. 독자 여러분이 진리를 깨닫기를 바라는 마음에서 이 책의 매 장마다 반복해서 하는 말이 있다.

바로, 무언가를 성취할 수 있는 우리의 능력에는 한계가 없다는 것이다. 창조적인 생각의 힘을 이용하기만 하면 우리는 무엇이든 될 수 있고 무엇이든 할 수가 있다.

생각이 늙어 버리면 몸도 늙는다. 신체 활동을 지배하는 것은 결국 마음이기 때문이다. 세상에서 가장 슬픈 일은 사람들이 이렇게 말하는 소리를 듣는 것이다.

"전처럼 빨리 걸을 수가 없어. 나이를 먹어서 그런가봐."

혹은,

"이제 늙어가고 있으니, 노년을 생각해야만 해."

마음먹기에 따라서 서른다섯 살에도 늙은이처럼 살 수 있고, 일흔다섯의 나이에도 젊은이로 살 수 있다. 스스로 젊다고 생각하느냐, 아니면 늙었다고 생각하느냐의 차이인 것이다.

보편 정신은 생명, 건강, 젊음, 아름다움, 행복, 풍요 등을 추상적으로 표현한 완벽한 개념이다. 또한, 잠재의식은 보편 정신과 하나이다. 그러므로 여러분은 무한한 우주의 자원인 잠재의식을 통해 물리적 조건이나 환경 등이 반드시 실현할 것이라고 믿고 노력하기만 하면 무엇이든 얻을 수가 있다.

지금 몸 상태가 그다지 좋지 못하다고 생각한다면 당장 젊음을 되찾기 위한 노력을 시작하자. 육체적으로 완벽한 모습을 마음속으로 그리고, 완벽한 얼굴 모양새도 자세히 그려보자. 성공률을 높이기 위해 현재 자기 모습 옆에 상상속의 자기의 모습을 나란히 세워보자.

미래의 모습이 마음속에 잘 그려지지 않는다면 마음에 드는 사진이나 작은 조각상으로 대체해도 무방하다. 보는 것만으로도 기분이 좋아지는 사진이나 조각상이라면 충분히 모델로 삼을 만하다. 그 사진이나 조각상을 늘 방안에 두자. 그 모습이 바로 자기의 모습이라고 생각하면서 스스로에게 이렇게 말해보자.

"난 꼭 이렇게 이상적인 모습이 되고 말 거야."

그 밖에 다른 부정적인 모습이 될 거라고는 생각하지 말자. 현재 외부로 드러나는 모습을 무시하는 방법을 배우자. 마음속에 그린 이상적인 모습이 바로 자기 모습이라고 굳게 믿으면 여러분의 잠재의식은 그 모습을 하나의 패턴으로 수용하게 된다. 그리고 얼마 후에는 자기 모습이 이상적인 모습으로 바뀌어 있다는 사실을 깨닫게 될 것이다.

모든 사물과 현상은 생각의 결과물이다. 사물은 존재하기 전에 창작자의 마음속에서 먼저 만들어진다. 그리고 창작자가 원하는 패턴이나 모델이 있기 마련이다. 지금까지 우리의 몸은 유전적인 패턴, 혹은 잠재의식에 새겨진 인상을 통해 무의식적으로 만들어져왔다. 이와 마찬가지 원리로, 의식적으로 몸을 만들어가는 노력을 한다면 틀림없이 원하는 결과를 얻을 수 있다.

그리스 문명에서 무엇보다 중요하게 여겼던 것은 바로 아름다움이었다. 그래서 그리스 여인들은 늘 아름다운 모델들에게 둘러싸여 살면서 아름다운 것만 보고 추한 것은 보지 않도록 보호받았다고 한다. 특정한 색으로 이루어진 환경에 둘러싸여 그 색만을 보는 새는 주변 환경과 조화를 이루기 위해 스스로 깃털의 색을 바꾼다. 늘 눈이 내리는 추운 지역으로 이주해 간 동물이나 새는 흰색 털과 깃털을 갖게 되는 것이다.

록펠러 연구소는 실험을 통해 크기에 상관없이 모든 생물이 보편 정신에 의지하고 있다는 사실을 밝혀냈다. 연구원들은 작은 벌레가 극성을 부리는 장미 덤불을 창가에 가져다 놓고 그 덤불을 죽게 만들었다. 장미 덤불에 살고 있던 벌레들은 원래 날개가 없었는데, 덤불이 죽고 난 후에는 날개가 생겨났고, 살아남기 위해 덤불을 떠나 다른 곳으로 날아갔다. 이 벌레들은 장미 덤불이 죽고 난 후 신속히 조치를 취하지 않으면 자기네들도 굶어 죽을 수밖에 없다는 사실을 알고 있었다. 그래서 살아남기 위해 날개를 만든 것이다.

이렇게 살아남아야 한다는 본능적 욕구 외에 자기 의지가 없는 미물들도 보편적 생명의 원칙을 이용하는데, 하물며 지능과 지식을 갖추고 자기 의지를 갖고 있는 인간이 보편 원칙을 이용하지 못하겠는가? 인간과 동물에게는 동일한 보편 원칙이 적용되지만 한 가지 다른 점이 있다. 그것은 바로 하등 생물은 무의식적인 본능적 욕구에 따라 움직일 뿐이지만, 인간은 아무런 제한 없이 원하는 모든 신념과 지식을 구현할 수 있다는 것이다.

소망하는 바를 현상으로 만들기 전에 잠재의식 속에 담아야 한다는 사실을 명심하자. 현실에 실재하도록 만들기 전에 미리 마음속에 있도록 만들어야 하기 때문이다. 우리가 요구하는 만큼 보편 원칙이 제공해주는 자산을 받을 수 있다. 그러나

그 요구는 반드시 법칙을 따라야 하며 그 법칙은 오로지 잠재
의식적 요구에 따라서만 작용하는 것이다.

# 명상의 길

몸은 내적 정보의 메시지를 받아들이는 메신저이다. 그런데도
우리들 대부분은 메신저가 보내는 중요한 신호를 무시한다. 육체
적, 정신적으로 당신의 삶 속에 감정적 균형을 유지하여 가치 있
는 반응을 가질 수 있도록 건강은 현명한 연합을 할 수 있다. 당

신의 몸이 "뭔가 잘못되고 있다. 주의 하시오."라고 메시지를 보낼 때 얼마나 잘 듣느냐?

당신의 회복을 도울 수 있는 내적 정보를 받기 원하는 육체적인 증상을 발견했을 때 시도하기 위한 연습이 있다. 당신은 먼저 녹음기로 다음 내용을 녹음해 두거나, 또는 당신에게 그것을 읽어줄 누군가가 필요할지도 모른다. 천천히 하라. 판단이나 비평 없이 있는 그대로 하는 것이 도움이 된다.

깊은 숨으로 완전히 채우고 멈춰라. 다시 깊이 숨을 쉬어라. 숨이 당신의 배꼽까지 내려가도록 하라. 그리고 완전히 뿜어내라.(멈춰라.) 한 번 더 하라. 완전히 빨아들여라. 깊게 내뿜어라. 천천히 멈춰라. 다시 일반적으로 숨을 시작하라. 부드럽고 온순하게.

당신의 육체적인 몸의 흐름에 주의하라. 필요할 때까지 멈춰라. 육체적인 문제, 불안, 걱정, 고민이 있을지 모르는 몸의 부분에 당신의 앎을 가져가기 시작하라. 그 자체가 드러나도록 무엇이든지 원하는 대로 하라.(멈춤)

당신의 몸 속 어디에서 이 문제를 느끼는가?(멈춤) 어디에 그것이 거주하는가?(멈춤) 이 불안이 나타남을 아는 순간을 가져라.(멈춤) 이 육체적인 관심에 대하여 당신의 몸이 느끼도록 허락하라.(멈춤)

판단이나 비평 없이 그 문제를 느껴라. 당신의 모든 감각을 가지고 이 문제를 스스로 경험하게 하라. 색깔을 갖고 있는가?(멈춤) 모양은?(멈춤) 당신은 냄새나 맛을 경험할지도 모른다. 당신은 무엇을 깨달았는가?(멈춤) 이 문제를 가진 감정의 위치가 있는가?(멈춤) 만일 그것이 목소리라면 뭐라고 말하는가?(긴 멈춤) 당신이 받은 정보는 지금 당장 이해할 필요는 없다. 나중에 그것을 평가할 시간이 있을 것이다.

여러 가지 방법으로 이 문제에 경험을 지속하라. 당신은 다른 각도나 질문으로 그 문제를 관찰하게 될지도 모른다. 비판 없이 그 상태를 지속하라. 보는 것, 느끼는 것, 듣는 것, 경험에만 몰두하라. 당신은 그저 탐구하고 내적으로부터 오는 어떤 정보에 열어놓고 머물러 있으면 된다. 정보가 오도록 허용하라. 대답을 강요하지 마라. 당신이 받는 것이 무엇이든지 그저 정보이다.(긴 멈춤)

이제 깊이 숨을 들이쉬고, 그리고 천천히 내뱉어라. 언제든 이 문제로 다시 방문하여 돌아올 수 있다는 것을 알아라. 다시 숨을 쉬고 천천히 뱉어라. 이 연습 후에 모아진 정보를 파악하라. 천천히 방으로 돌아와라. 그리고 눈을 떠라.

당신이 완전히 일반적인 의식으로 돌아왔을 때 일지나 종이를 꺼내 경험한 것에 대하여 기록하라.

당신의 몸에 더 근접하여 주의를 가져보라. 어떤 메시지가 보내졌는가? 피곤할 때 쉬어라. 목마를 때 마셔라. 배고플 때 먹어라. 몸의 신호를 듣고 행동할 때 좋은 건강이 당신에게 보답하기 시작할 것이다.

15 마음에 그린 대로 이루어진다

언어에서 생각이 드러난다

우리는 어떤 행동을 하기 전에 미리 마음속으로 그와 관련된 행동을 하게 된다. 마음속으로 생각하는 바가 그대로 행동으로 드러나기 때문이다. 평소 알고 지내는 내 친구의 예를 들어 설명하겠다.

그 친구는 고등학교를 졸업하고 사회에 뛰어든 전형적인

사업가였다. 그는 능력도 뛰어났고 인격적으로도 훌륭했다. 어느 날 그 친구와 나는 서로 알고 지내는 또 다른 친구가 대단한 성공을 거둔 이야기를 나누고 있었다. 이야기 도중, 그 사업가 친구가 다음과 같은 말을 했다.

"그 친구가 어떻게 성공을 한 건지 정말 궁금해. 그는 나보다 머리도 별로 좋지 않고, 독창성이 있는 것도 아닌데 말이야. 겉으로만 보더라도 나는 그보다 훨씬 오랜 시간 동안 열심히 일을 하고 있어. 그런데 나는 늘 이 모양이고, 그 친구는 하는 일마다 성공을 거두지. 내 인생은 실패한 게 아닐까?"

바로 그 순간 평상시 그의 얼굴을 덮고 있던 예의를 차리는 사회적 가면이 벗겨진 것 같았다. 그리고 난 그의 눈에서 절망을 보았다. 내가 그에게서 느낀 것은 바로 보이지 않는 적과 싸우는 사람의 당혹감이었다. 그는 곧 말을 수습하더니 화제를 바꾸려고 했다. 그러나 나는 그의 이야기를 좀더 듣고 싶었고, 그에게 대체 무슨 문제가 있는지 물었다. 그 친구는 이렇게 대답했다.

"나도 잘 모르겠어. 나는 내 아이디어를 상품으로 만들어내는 일을 해. 그런데 지금까지 늘 실패를 하거나 그렇지 않은 경우에는 엉뚱한 사람이 그 이익을 가져가 버렸어. 정말 진절머리가 나. 아무리 제대로 준비하고 일을 진행해도 별다른 진전이 없어. 지금 내 나이가 마흔 다섯인데 아직까지 사업 기반도 제대로 닦아 놓지 못했어. 그래서 미래를 생각할 때마다 점점 더 불안해져."

나는 그 친구에게 이렇게 말해 주었다.

"넌 아무래도 '역작용의 법칙'을 사용하고 있는 것 같아. '실패 콤플렉스'라고도 하지. 네 잠재의식에 담겨 있던 좋지 않은 생각이 현실로 나타나는 거야. 그 원인이 무엇인지 찾아서 네 마음속에서 끄집어내 버려야 해."

그와 한참을 이야기한 끝에 그가 처음 시작한 벤처 사업에서 실패했고 전 재산을 날렸다는 사실을 알게 되었다. 훗날 그는 새로 사업을 시작했다. 그러나 처음 사업에 실패했다는 생각을 지우지 못했고 잠재의식적으로 자신을 믿지 못했다. 그 결과 계속해서 실패할 수밖에 없었다. 잠재의식 속에서 그는 계속 실패에 얽매여 있었던 것이다.

사업에 실패할 때마다 그의 자괴감은 더욱 깊어섰나. 그는 의식적으로 노력하지 않았고 성격에도 문제가 있었다. 문제의 핵심이 무엇인지를 제대로 이해하지 못했을 뿐만 아니라, 잠재의식적으로 자신이 스스로에게 가지고 있는 부정적인 인상을 극복하려는 의지도 없었고, 노력도 하지 않았다. 그에 따라 건강도 나빠지고 인생을 비관하게 된 것이었다.

나는 그 친구에게 심리학의 주요 원리를 가르쳐 주었다. 그는 성공의 원칙을 곧 파악했고, 2년 후에는 노력의 대가를 거

두었다. 지금 그의 건강은 많이 호전되었고, 사업 부문에서도
인정을 받고 있다.

"이걸 누가 했지?" 이 말은 자녀들이 무슨 짓을 했을 때 자녀들의 행동을 부모들이 원하지 않을 경우 자주 하는 말이지요. 여러분도 이 말을 떠올릴 때면 아마 흠칫하지 않았을까요?

하지만 아름다운 일을 한 것을 보았을 때는 어떨까요? 하던 일을 멈추고 잠시 생각해보세요. "이걸 누가 했지?"라고. 예술 작품을 볼 때마다 잠시 멈춰 서서 그 작가에 대해서도 생각해 봅시다.

여러분이 아름다운 한 송이의 꽃을 보았을 때, 자연의 아름다운 색채, 순진무구한 어린이, 거울 속에 비친 자신을 보았을 때 잠시 멈춰 서서 "이걸 누가 했지?"하고 놀랄까요? 만일 여러분이 값비싼 예술작품을 가졌다면 그들에게 많은 관심을 가지겠지요? 앞에서 말한 꽃, 자연, 어린이, 당신 자신이 그들만 못한 작품일까요? 예술가는 수많은 고통을 겪으면서 작품을 창조합니다. 그러므로 자기 작품을 절대로 파괴하지 않습니다. 세월은 작품을 보물로 만듭니다.

말은 생각의 집합체이다

잠재의식의 놀라운 작용의 또 다른 예를 들어보겠다. 평소 알고 지내는 한 치과의사가 일전에 내게 이런 질문을 한 적이 있다. 담당한 환자들이 전부 플로리다로 가버렸는데 그런 일은 모두 자기가 운이 없기 때문이냐는 것이었다. 그는 이렇게 말했다.

"좀 이상하게 들릴지도 모르겠습니다만, 단골손님들이 전부 다른 병원으로 가버렸어요. 지금은 사무실 임대료도 벌지 못하는 형편입니다."

"글쎄요. 제 생각에는 선생님께서 마음속으로 환자를 진심으로 원하지 않기 때문이라는 생각이 드는군요."

그는 내 말을 듣고 놀란 기색이었다. 그와 이야기를 나누는 동안 사실은 그가 치과의사로서 생활은 만족하고 있지만, 마음속으로는 진심으로 즐기고 있지 않다는 것을 알게 되었다. 치과의사였던 아버지의 성화로 그도 역시 치과의사가 되기는 했지만, 그 일을 좋아하지는 않았다. 오히려 그는 기계에 천부적인 소질이 있는 사람이었다. 그렇기 때문에 그는 잠재의식적으로 현재 치과의사의 생활을 버리고 자기가 원하는 다른 일을 하고 싶다는 생각을 품고 있었던 것이다.

현재 처해 있는 상황은 그것이 어떤 모습이든 우리가 늘 잠재의식적으로 바라는 모습이다. 그리고 마음속으로 어떤 바람을 갖느냐 하는 것은 타고난 기질에 달려 있다. 잠재의식은 일상적인 경험이나 유전적인 요소에서 영향을 받는다. 그리고 잠재의식은 우리가 소망하는 바를 실현시켜주는 원동력이 된다. 잠재의식은 의식을 통해 들어온 인상을 받아들인다.

그러므로 의식의 힘의 중요성을 다시 한번 인정하지 않을 수 없다. 우리는 누구나 체계적이고 결단력 있게 잠재의식적 인상에 변화를 줄 수 있다. 그러려면 생각을 통제해야 하며 원하지 않는 부정적인 대상에 대해서 마음을 쓰고 생각하는 일이 없어야 한다.

우리가 하는 말은 생각의 집합체이다. 생각은 언제나 말이라는 형태를 빌어 나타난다. 생각은 영적인 활동이고, 영이야말로 생명인 것이다. 사람은 자유로워야 한다는 보편 정신의 진리를 배우고 나면 좋은 것이든 나쁜 것이든, 건설적인 것이든 파괴적인 것이든, 누구나 생각했던 방향 그대로 결과를 맞이하게 될 것이라는 사실도 깨닫게 될 것이다.

현재 상황이 마음에 들지 않으면 상황에 변화를 주어라.

- 헨리 나이트 밀러 (Henry Knight Miller)

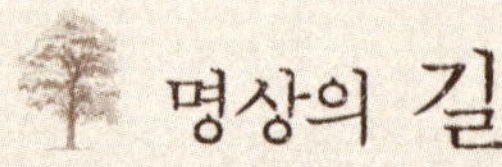# 명상의 길

　조용히 앉아라. 눈을 감고 잠시 깊이 숨을 쉬고, 편안히 숨을 쉬어라. 기쁨, 편안 등 삶 속에서 평화를 느낄 때를 생각하라. 그런 기억을 음미하면서 잠시 시간을 보내라. 당신과 함께 하는 사람, 당신이 몰두하는 활동력, 당신이 살고 있는 집을 기억하라. 가능한 한 생생한 감정과 장면을 만들 수 있는 것은 무엇이든지 생각하라.

　이 질문을 당신의 내적 자아에게 물어라.

　"다시 나의 삶에 이런 좋은 감정을 무엇으로 가져올 수 있을까?"

　어떤 생각, 감정, 인상, 그리고 당신이 가진 몸의 감각에 집중하라. 당신의 내적 자아는 여러 방식으로 당신과 함께 교통한다. 즉시 대답이 오지 않는 것을 느낄지도 모른다. 그것은 그대로 좋다. 꿈속으로 올지도 모른다. 또는 나중에 낮에, 그 대답을 그저 "알게" 될지도 모른다.

　이제 됐다고 느낄때 눈을 뜨고 보통의식으로 돌아오라.

16 성공하려면 강렬히 소망하라

성취의 비결은 강렬한 소망이다

성공으로 가는 신비의 길을 가려면 소망의 땅을 지나야 한다. 우리는 이성적인 생각과 독립적인 행동을 할 나이가 되면 누구나 원하는 일을 하게 된다. 이 부분에 대해 이의를 제기하는 사람도 있을 수 있다. 상황이 너무 좋지 않다거나 의무감 때문에 원하는 일을 할 수 없다고 말하는 사람도 있을 것이다. 그러나 그런 식으로 이의를 제기하는 것은 결국 자신을 제대로 이해하지 못하고 있다는 것을 반증할 뿐이다.

올바른 종류의 소망을 가지고 있다면 성공으로 가는 길목에 놓여 있는 모든 장애물을 뛰어넘을 수 있기 때문이다. 자유를 열망하는 사람을 언제까지나 감옥 안에 가두어 둘 수 없는 것처럼 우리가 스스로 정체성을 깨닫는 순간에는 아무것도 여러분을 방해할 수 없다.

보편 정신은 전지전능하고 모든 곳에 존재한다. 마치 햇빛이나 공기처럼 늘 우리 곁에 있는 것이다. 잠재의식은 보편 정신의 일부이며 우리는 잠재의식적 자아를 통해 보편 정신의 전능한 지혜와 권능에 가까이 갈 수 있다. 이 사실을 깨닫는 순간 우리는 무엇이든 성취할 수 있다. 오로지 생각의 힘을 통해서만 우리는 꿈을 이룰 수 있다. 우리가 마음 속에 그리는 이미지에 따라 꿈이 창조된다. 그리고 소망은 우리의 마음속 이미지를 구축하는 역할을 한다.

이것이 바로 '기원의 힘'이다. 보편 정신은 우리가 떠벌이는 약속에 휘둘려 우리가 원하는 것을 들어주는 존재가 아니다. 누구나 무언가를 바라며 기원을 하지만, 오직 진심에서 우러나는 기원을 할 때에만 바라는 바를 이룰 수 있게 된다.

열심히 기원하면 원하는 이미지가 마음속에 그려진다. 그리고 믿음이 충분히 강해지면 소망하는 바를 생각 속에 담을 수 있다. 그러면 보편 정신이 여러분을 위해서 작용하고 소망을 현실로 바꾸어준다. 만일 여러분이 물질적으로 부를 누리지 못하거나 건강하지 못한 생활을 하고 있다면 그것은 여러분이 자신 안에 내재된 힘을 믿지 않고 이해하지 못하기 때문이다.

여러분의 마음속에 품은 소망을 현실로 이끌어내는 것은 보편 정신의 역할이 아니다. ― 모든 이는 우주의 자원을 마음껏 누릴 수가 있다 ― 그러므로 오직 자신에게 내재된 힘을 깨닫고 그것을 사용할 줄 알아야 한다.

"나는 수천가지 소망을 가지고 있어요."라고 말할지도 모르겠다. 여러분은 부유하고 행복하며 건강한 삶을 누리고 싶어 한다. 그렇지만 여러분은 의심하고 있다. 앞서 소개했던 "모든 건 심리학에서 떠들어대는 속임수일 뿐이야."라고 말하면서 자기 힘을 믿지 않았던 그 남자처럼 말이다.

그런 식으로 말하면서 자신에게 믿음을 갖지 못한 남자는 결국 아무것도 얻지 못했다. 우리는 수많은 바람을 가지고 있으면서도 그 중 어느 하나라도 이룰 수 있다고 믿지 않는다. 그저 가벼운 마음으로 이것저것 바랄 뿐이어서 본인이 진심으로 원하는 것이 무엇인지조차 모른다.

성취의 비결은 바로 강렬한 소망이다. 한번에 하나의 목표만을 세우고 한 가지 소망에만 정신을 집중하자. 산에 오르고 싶다면 한 길로만 끝까지 올라가야지 등산로를 자꾸만 바꾸면 정상에 도달할 수 없다. 소망을 성취하는 과정도 마찬가지이다. 한번에 한 가지 소망에만 집중해야 하는 것이다.

우리의 변명은 끝이 없습니다. 우리는 시간이 있음에도 불구하고 "그것은 내일 하자. 내일부터 일기를 쓸 거야. 내일부터 일찍 일어날 거야." 등등 말하면서 살아갑니다. 하지만 내일은 없습니다. 다만 오늘만 있을 뿐입니다. 오늘 출발하지 않으면 여러분은 결코 아무것도 성취하지 못합니다.

두려움에 사로잡혀서 지금 출발해야 할 텐데 하고 생각하고 있겠지요. 그렇게 해서는 여러분에게 돌아올 결과는 아무것도 없습니다. 여러분이 지금 지체하고 있다는 것을 깨달으면 자신에게 물어보십시오. "내가 무엇을 두려워하고 있지? 집착하는 위험요소가 무엇이지? 내가 진실로 무엇을 하기를 원하고 있지?"

여러분의 소망에 도달하십시오. 그리고 전진하지 못하도록 여러분을 뒤에서 잡고 있는 것이 무엇인지 자신에게 물어보십시오. 장벽이 무엇인지 알아야 합니다. 그리고 한걸음한걸음 걷기 시작하십시오. 여러분의 페이스를 찾으십시오. 그리고 자기 발로 걸어야 합니다. 무엇을 기다리고 있습니까?

소망으로 꿈의 씨앗을 돌보라

마음속으로 가장 바라는 것을 떠올려보자. 그것을 분명한 내용으로 구체화시키면 소망하는 순간 이미 성취된 것이라는 말처럼 이미 꿈이 이루어졌다고 생각하자.

꾸준한 마음으로 소망하는 그 한 가지에 정신을 집중해야 한다. 그러면 성장의 법칙에 따라 효과가 나타날 것이다. 정원에 씨앗을 심은 뒤에 싹이 텄는지를 확인하려고 자꾸 파보고, 이미 심은 씨앗을 파내버리고, 계속해서 다른 씨앗을 심는다면 결국 여러분은 아무 것도 얻지 못할 것이다.

성장의 법칙은 바로 그런 것이다. 생각의 씨앗을 심고 나서는 꾸준한 소망과 기대로 그 씨앗을 돌보아야 한다. 소망이 실체의 형태로 나타나기 전에 이미 그 소망이 이루어진 것으로 여기라는 말은 바로 그런 의미인 것이다.

무언가를 이미 얻었다고 진심으로 믿으면 잠재의식은 여러분이 소망을 성취할 수 있도록 도와준다. 성공한 사람들은 누구나 오로지 한 가지 목표를 가지고 그것에 집중했다. 여러분이 지금 원하는 바가 무엇인지 인식하고 그 내용을 상상하면서 새로운 삶의 아이디어를 구축하자.

운이 좋은 사람이 따로 있고, 가난할 수밖에 없는 사람이 따로 있다는 식의 믿음을 떨쳐버리자. 생각을 바꾸자. 인생은 모

험으로 가득 찬 아름다운 곳이라는 사실을 깨닫자. 힘든 일상
에서 눈을 들어 그 이상을 볼 줄 아는 사람에게는 매일 새로운
기회가 찾아온다. 인생이란 단순히 동물적으로 존재하는 것
이 아니다. 판에 박힌 생각에서 벗어나야 한다. 판에 박힌 생
각이란 바로 '무덤' 의 다른 이름이기 때문이다.

자신이 빈곤하고, 비참하고, 고뇌할 것이라고 믿는다면 여
러분은 이미 죽은 사람과 다를 바 없는 것이다.

모든 일은 법칙에 따라서 발생한다. 따라서 누군가 기원에
대한 응답을 받은 적이 있다면 여러분의 기원도 응답받을 수
있다는 뜻이 된다. 누군가 성공을 했다면 여러분도 성공할 수
있다. 인생이란 행운이나 불운 따위로 좌우되는 것이 아니다.
인생은 인과관계의 법칙이 정확하게 적용되기 때문이다. 따
라서 원인 부분에서 길을 바로 잡아 놓으면 결과는 자동적으
로 나타나기 마련이다.

무언가를 간절히 바라고 그것을 성취하기 위해 합당한 노
력을 한다면 원하는 것은 무엇이든 가질 수 있다. 건강하고 싶
은가? 그렇다면 건강과 아름다움을 공부하고 익힌 내용을 실
천하라. 불구이거나 몸져누워 있다는 사실 등은 중요하지 않
다. 그런 것과 상관없이 여러분은 충분히 건강해질 수 있다.
우리 몸은 11개월마다 완전히 새로운 세포로 바뀐다. 그러므
로 여러분은 언제라도 완전한 몸을 만들 수 있는 것이다.

금전적으로 부유하고 싶은가? 그렇다면 돈의 핵심 정신은 바로 서비스라는 점을 명심하자. 그리고 잠재의식 속에 돈에 대한 소망을 새겨 넣은 다음 서비스를 강화할 수 있는 방안을 생각해보자.

보편 정신에 따라 여러분은 언제든지 성공을 거둘 수가 있다. 지금 하는 일에 더 관심을 갖고 새로운 아이디어를 얻기 위해 마음을 열자. 그러면 필요한 시기에 알맞은 일을 할 수 있도록 인도받을 수 있을 것이다.

우리가 무언가를 간절히 바라면 소망하는 마음이 우리를 이끌어 원하는 바가 이루어진다. 무엇을 바라든지 잠재의식을 이해하고 소망과 잠재의식을 잘 연결시키면 된다. 그러면 모든 일이 우리에게 이로운 방향으로 흘러갈 것이며 나쁜 일은 기적적으로 우리를 비껴갈 것이다. 나쁜 일이 닥쳐와도 늘 보호받을 수 있으므로 어떤 재난이 닥쳐와도 상관이 없게 되는 것이다.

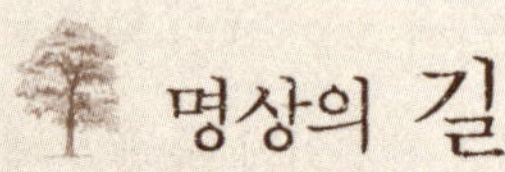# 명상의 길

우리들 대부분은 너무 바쁘게 살아서 "조용하고 작은 내적인 목소리"를 듣기 어렵다. 더 더욱이나 그것의 지혜로 행동할 시간을 갖지 못했다.

이 명상 연습은 당신의 임무를 '천천히 하기' 위한 것이다. '천천히 하기'란 현실로 어떤 것일까?

모임 전에 신선한 공기와 함께 걸을 수 있는 시간을 가질 수 있도록 약속 시간보다 일찍 떠나라.

만일 당신이 사무실에 언제나 늦게 나오는 사람 중의 하나라면 정시에 도착하라.

스스로 멋진 음식을 만들거나 식당에서 당신과 함께 할 친구를 불러라.

당신의 직장 근처나 당신의 이웃을 볼 수 있도록 천천히 한가롭게 걸어라. 당신 주변에 있는 모든 것을 느끼도록 연습하라.

자유시간을 위해 달력에 약속을 만들어라. 아무런 계획을 갖지 않는 날.

간단히 멈춰서 천천히 깊게 잠시 동안 숨을 쉬어라, 하루에 여러 번씩 할 수 있도록 하라.

삶에 감사하며 '천천히 하기'를 하는 이유가 무엇일까? 적어도 매주 하루는 하라. 매일 일상적인 삶에 지쳐 분주하게 살아가는 당신에게 내적으로 평화스런 시간을 허락할 때 고요하고, 작은 정신의 목소리가 지혜를 가지고 당신을 향해 찾아오는 것을 느낄 수 있다. 사랑과 지혜가 따뜻한 햇살처럼 당신을 채우고 둘러싼다. 그것은 당신이 성취하고 행복하게 살도록 태어난 당신의 삶을 이룩하기를 원한다.

17

쓰레기같은 파괴적인
습관을 버려라

웃음을 잃지 않는 습관을 만들자

인간이란 몸과 마음이 온통 습관
의 지배를 받는 존재이다. 생활과 물리적 조건, 환경을 보면
우리가 습관적인 생각 속에서 살아가고 있다는 사실을 알 수
있다. 어떤 사람이 이렇게 말했다.

"생각의 씨앗을 뿌리고 실천의 열매를 거둬라. 행동의 열매

를 뿌리고 습관의 열매를 거둬라. 습관의 열매를 뿌리고 인격의 열매를 거둬라. 인격의 열매를 뿌리고 운명의 열매를 거둬라.”

‘인격’이라는 말의 정의(定意)는 바로 ‘천성적으로, 혹은 습관으로 만들어진 것으로서 다른 사람과 구별되는 특징’이다. 즉, 사람은 전반적인 사고의 소산이며, 인력(引力)의 법칙에 따라 마음속으로 생각하는 방향에 맞추어 몸 상태가 형성되고 주변 환경이 만들어진다.

일반적으로 우리는 술, 마약, 담배를 하는 것을 해로운 습관으로 여긴다. 그것은 분명한 사실이다. 그러나 목적 없는 방황, 두려움, 근심, 노여움, 질투를 습관화하면 종종 앞서 말한 세 가지 해악보다도 더 빨리 재앙을 맞이할 수 있다.

나쁜 일이 일어나지 않도록 항상 막아낼 수는 없다. 그렇지만, 자기 통제의 습관을 발전시켜 나갈 수는 있다. 그렇게 되면 실제로 어떤 일이 발생했느냐보다는 발생한 사태에 어떤 식으로 반응했느냐가 훨씬 중요하다는 사실을 깨달을 수 있다. 어떤 사람을 자살하게 만들 정도의 재앙도, 다른 누군가에게는 갑절로 노력하여 성공을 하게 만드는 촉매제가 될 수 있다. 겉으로 보기에 좋지 않은 상황일지라도 늘 웃음을 잃지 않는 습관을 들이자. 오늘의 불행이 내일 여러분을 웃게 만드는 일이 될 수 있기 때문이다.

여러분은 폭설로 뒤덮인 곳을 방문한 적이 있나요? 폭설로 갇혀 할 일이 없고 해서 조깅을 한 적이 있었습니다. 길을 만드느라 애를 쓰면서 깊은 눈 속을 뛰었습니다. 첫날은 엄청나게 힘들었습니다. 그러나 둘째날은 첫날보다 훨씬 쉬웠습니다. 어제 발자국이 안내를 해주고 있었기 때문이지요. 하지만 닷새째 되는 날은 엄청나게 추웠습니다. 눈이 모두 얼어 빙판길이 되었습니다. 더구나 먼저 만든 발자국은 우리를 더 위험하게 만들었습니다. 우리는 새로운 길을 찾아야만 했지요.

마찬가지로 우리의 삶도 또 다른 선택을 해야 할 시간적 차이가 있습니다. 다른 사람의 발자국을 따르는 것이 위험도 적고 올바를 수도 있습니다. 하지만 때때로 새로운 길을 여러분이 만들어야 합니다. 여러분이 올바른 길을 택하고 있는지 스스로 찾아야 합니다. 쉬운 길을 찾으라는 것이 아닙니다.

언제나 다른 사람의 길만 따른다면 당신은 길을 잃을지도 모릅니다. 시간에 따라 다른 사람의 길이 맞을 수도 틀릴 수도 있다는 것을 기억하십시오. 다른 사람은 그들의 길로 가게 하고 여러분은 자신의 길을 찾으십시오.

파괴적인 감정은 모두 쓰레기이다

파괴적인 감정은 모두 쓰레기에 불과하다. 그런 감정은 어떤 일이든 늘 여러분의 에너지를 소모시켜 상황 대처 능력을 떨어뜨릴 뿐이다. 분노는 우리를 나약하게 하고 최선의 노력을 하지 못하게 만든다. 짓눌리고 울적한 기분이 계속되면 몸이 아프게 된다. 이처럼, 모든 파괴적인 감정은 신체의 화학작용을 원활하지 못하게 만들어 결국 질병을 초래한다.

그런 감정이 생겨나는 것을 도저히 막을 수 없다면 강제적으로라도 부정적인 생각을 긍정적인 방향으로 바꾸는 연습을 해보자. 지금 극복하려고 애쓰고 있는 부정적인 감정과 정반대되는 긍정적인 생각을 마음속에 계속 주입시키자. 일상생활에서 모든 감정을 없애버리려고 노력할 필요는 없다. 그저 마음속에 파괴적인 생각을 품는 습관을 바꿔서 오직 긍정적인 생각만 품도록 하면 된다. 즉, 파괴적인 생각을 긍정적인 생각으로 바꾸는 것이다. 용기를 가지고 자기 능력을 개발하여 사랑과 행복, 만족을 생활 속에서 실현시키자.

행복에 보탬이 되지 않는 습관적인 사고와 행동을 과감히 몰아내 버리고 앞으로 다시는 그런 생각과 행동을 하지 않도록 굳게 결심하자. 한두 번 좋지 못한 생각이나 행동을 하더라도 그런 일에 가슴을 쥐어뜯으며 시간과 에너지를 낭비하지 말자. 무엇보다도 낙담하지 말자.

나쁜 습관을 버리려고 노력하는 것이 가장 중요하다. 좋지 않은 습관을 마음에 담아두지 말자. 특별히 관심이 가는 분야를 찾아내어 건설적인 생각을 가지고 그 일에 임하자. 좋지 않은 습관을 버리는 특별히 정해진 규칙이나 공식 같은 것은 없다. 다만, 잠재의식에 새겨진 바람직하지 않은 감정을 지워버리고 꾸준히 성실하게 노력하면 분명 인생에서 성공할 수 있을 것이다.

사람들은 대부분 자신을 빈곤하게 만드는 습관이나 의식을 갖고 있다. 그런 나쁜 습관은 보통 의식적으로 긍정적인 생각을 하려는 노력이 부족하기 때문에 생겨나는 것이다. 괴로움을 잊기 위해 술을 마시는 사람의 경우, 의식을 풍요롭게 가꾸고 자존심을 회복할 수 있는 길이 있다면 술을 마시고 싶은 욕구는 자연히 사라질 것이다.

습관의 원인이 무엇이든 간에 물질적 빈곤에서 진정 자유롭기 위해서는 삶에 대한 일반적인 태도를 바꾸어야 한다. 그렇게만 할 수 있다면 반짝 반짝 빛나는 새로운 착상이 우리 마음속에 떠오를 것이고, 습관뿐만 아니라 전반적인 삶의 태도 역시 달라질 것이기 때문이다.

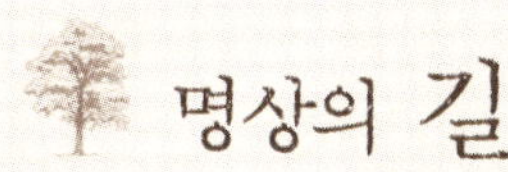# 명상의 길

명상의 힘은 사랑하는 삶을 창조하는 당신을 돕기 위해 삶 속에서 나타난다. 이 현명한 카운슬러의 나타남을 알기 시작하라. 다음의 기술이나 질문 중 하나는 당신이 직관적인 정보를 필요로 할 때마다 당신을 위해 작동할 것이다.

나를 위해 최선이 무엇인지 안다.

만사가 제 자리를 찾아든다.

지금 당장 나에게 필요한 것이 무엇이지?

모든 것은 작동하고 있다.

내가 필요한 지혜는 필요한 만큼 나에게 올 것이다.

지금 당장 어떤 결과가 최선이라고 느낄까?

이 상황에서 최선의 결과는 무엇일까?

지금 당장 가장 사랑하는(영적으로 가득한, 용서하는, 현명한) 결정은 무엇일까?

당신의 직업은 :

물어라.

신용하라.

생각, 상상, 느낌, 단어, 지식을 통해 대답을 받아라.

당신이 받은 지혜대로 행동하라.

18 풍요로운 의식을 만들어라

여러분의 의식에 새겨야 할 가장 기본적인 진리는 바로 이것이다. 삶을 둘러싸고 있는 보편 정신 혹은 보편 에너지는 끊임없이 움직이고 있으며 여러분 자신이 바로 모든 존재의 근원이라는 사실 말이다.

보편 에너지는 무한하며 영원히 고갈되지 않는다. 따라서 여러분은 물질적으로 부족함을 느낄 필요도 없고 원하는 것은 무엇이든 얻을 수가 있다. 보편 정신은 여러분을 비롯하여 어느 누구의 소망에도 제한을 두지 않는다는 점을 명심하자. 이와 같은 위대한 우주의 진리를 마음에 담으면 여러분은 세상만물과 모든 사람들에게 기쁨과 사랑을 하나 가득 느낄 수 있을 것이다. 그리고 여러분 마음속 깊은 곳에 자리 잡고 있던 커다란 소망이 조만간에 이루어지게 된다는 사실을 깨닫게

삶의 여백

밤하늘을 바라보면 우리는 10억 년 전에 시작한 빛을 볼 수 있습니다. 빛은 끝이 없습니다. 우리도 빛을 내면 우리들 또한 끝이 없습니다.

그러므로 발광체가 되어 길을 밝혀야 합니다. 어둠을 밝히는 횃불 찾기를 두려워하지 마십시오. 당신의 밝은 행동이 창조하는 결과에 끝이 없습니다. 그렇습니다. 어둠을 밝히는 정열과 에너지를 아무리 많이 갖고 있더라도 두려움의 장막을 벗어버릴 때에만 모든 능력이 발현됩니다.

여러분의 빛이 밝아지면 자신뿐만 아니라 이 행성의 주민으로서 다른 사람을 치유하는데 도울 수 있습니다. 당신의 횃불을 밝히고 그 길을 비추십시오. 그리고 나이가 들거나 피로하거나 상처를 입어 비틀거리는 다른 사람이 횃불을 들고 있다면 지체 없이 대신 뽑아들고 그 일을 지속하십시오. 여러분의 삶은 의미가 있을 것이고 다른 사람은 길을 걷는데 큰 도움이 될 것입니다.

될 것이다. 무한한 풍요에 관한 진리가 앞으로 여러분이 하게 될 생각과 행동의 밑받침이 되도록 해야 한다.

인내심을 갖고 성급하게 굴지 마라. 자신의 삶에 빈곤과 한계가 존재한다고 믿으면 그와 같은 부정적인 삶의 특징이 잠재의식에 새겨져 현재의 삶을 형성한다. 그러므로 원하는 것을 풍성하게 베풀어주는 것이 우주의 보편 법칙이라는 사실을 깨달아 여러분의 의식을 풍요롭게 만들어야 할 것이다.

어느 날 아침 우리는 강둑을 따리 걷고 있었습니다. 우리가 본 각각의 조약돌들은 날마다, 달마다, 해마다 그의 얼굴에 무엇을 새기고 있었습니다. 그들은 살아 있었습니다. 그 강변을 따라서 무엇이 생겼을까요? 그 조약돌 위에 생긴 상처와 균열에 맞춰 그들 각각의 돌들은 독특함과 아름다움을 보태고 있었습니다.

시간과 기후에 따라 우리의 얼굴은 어떻게 보일까요? 우리는 너무나 많은 시간을 우리의 상처와 흠을 생각하며 지내는 것 같습니다. 그리고 귀중한 돌처럼 참된 우리 자신의 핵심을 잃어버리고 살아가는 것 같습니다. 외적인 영광을 위해 내적인 아름다움 닦기를 게을리 하지 마십시오.

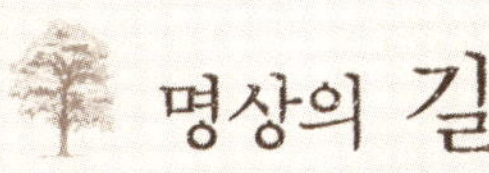

명상의 길

당신이 잘못 결정하는 것은 두려움 때문에 아주 일반적이고, 잘 아는 것으로 돌아가려는 시도이다. 그것에 맞서자. 여기 몇 가지 질문이 있다. 당신의 명상력을 높이기 위한 테스트이다.

당신의 목표는 생동감이 있고, 행복하고, 열심을 느끼게 만드는가?

당신은 날마다, 그리고 다음 주일에도 시간과 에너지를 그것에 즐겁게 바칠 수 있는가?

견딜 수 없는 두려움과 우연히 따라오는 절망을 처리할 당신의 전략은 무엇인가?

당신의 목표를 확언하고, 꿈꾸고, 명상하는 시간을 창조해왔는가?

당신은 "어떻게 내가 이 목표를 창조할 수 있을까?" "이 목표를 창조하기 위해 다음 단계는 무엇을 해야 할까?" 이런 질문을 계속 명상시간에 묻고 있는가?

당신을 고갈시키는 것을 흘러가게 하고, 당신의 목표가 팽창하고 자랄 수 있게 당신의 삶에 공간을 만들어 왔는가?

19 삶도 인력의 법칙을 따른다

인력의 법칙은 여러분의 존재에 깊이 관여하고 있다. 이 법칙은 선이나 악, 도덕이나 부도덕의 어느 쪽에도 치우치지 않으며, 개인의 요구에 따라 완벽하게 작용하는 맹목적인 성격을 띠고 있다. 인력의 법칙은 완벽한 정의의 근원이며, 이 법칙의 작용에 따라 여러분은 뿌린 대로 열매를 거두고 다른 사람에게 대했던 그대로 대접을 받게 된다. 이 법칙에 예외는 없다. 여러분은 인력의 법칙을 의식, 혹은 무의식적으로 사용하고 있다. 인력의 법칙은 생명의 법칙이며 완벽하고 정확한 절대적 정의(正義)로서 온 우주를 지배하고 있다.

인력의 법칙의 작용에 따라 우리가 받게 되는 혜택은 각자의 기준대로 생활의 편리나 불편, 인간이 추구하는 행복과 불행 같은 형태로 나타나게 된다. 음식, 의복, 금전, 주택, 자동차 등 물질적인 것은 모두 인력의 법칙을 보여주는 상징이며, 원인과 결과, 소망과 보답, 수요와 공급이라는 방식으로 인간 생활과 연관되어 있다.

우리의 삶에서 부와 빈곤, 질병과 건강, 기쁨과 슬픔 같은 다양한 조건 및 상황이 만들어지는 이유는 모두 인력의 법칙이 작용하기 때문이다. 각 사람의 삶에 나타나는 다양한 상황을 보면 여러분도 사람들이 악, 빈곤, 질병, 부조화를 인간 본질의 필수적인 요소라고 생각하게 되는 이유를 이해할 수 있을 것이다.

그렇지만, 이 모든 조건은 자체적으로 힘을 갖지 못하며, 단순히 각 개인의 생각의 소산임을 깨닫는 순간, 여러분은 인간의 생득권인 진리에 대한 지식을 얻게 될 것이다. 우리는 무엇보다도 인생에는 인력의 법칙이 존재한다는 사실을 알아야 어째서 여러분은 어떤 일에 여분의 노력을 하고 정해진 자기 시간 이상으로 일을 할까요? 개인적인 이득이나 보수를 위해 잔업하기를 바라십니까? 어떤 동기가 여러분으로 하여금 최상의 작업을 수행하게 합니까? 그런 노력으로 얻어지는 결과를 성취할 필요를 무엇이 갖고 있습니까?

이런 질문에 대한 대답이 비본질적이고, 근원적인 생각일 뿐만이 아니라, 여전히 정의가 있고 그것은 반드시 이루어야 할 일이기 때문이라고 대답하기를 희망합니다. 우리는 모두 정의를 위해 일하러 여기 있습니다. 우리의 노력을 통해서 우리는 더 좋은 세상을 창조할 수 있습니다. 우리가 정의라는 이유를 갖고 정의의 일을 시작할 때 우리는 정의의 세상을 창조할 수 있다.

하며 그 법칙에 따라 살아가야 한다.

생명과 자연의 법칙은 본질적으로 인간을 벌주거나 보상해주지 않는다. 단지 우리는 자연의 법칙에 따라 살거나, 혹은 그 법칙을 거스르고 살면서 그 결과로 행복 혹은 불행, 건강 혹은 질병, 부귀영화 혹은 빈곤 속에 사는 것이다. 모든 것이 우리가 원하는 대로 완벽하게 이루어지는 인과 관계의 법칙이 작용하기 때문이다.

우리는 반드시 이와 같은 진리를 깨달아야 한다. 그리고 평화, 권능, 사랑, 건강, 행복, 성공을 우리의 일상생활 속에 받아들이며 살아가야 한다. 인생에 대한 마음가짐을 바꾸는 것이 현재 삶의 조건을 바꿀 수 있는 유일한 방법이기 때문이다.

미래의 행복과 번영은 결국 우리 마음속의 내밀한 생각에서 비롯된다. 따라서 잠재의식의 작용에 따라 건설적이고 올바른 방향으로 인생을 이끌어 나가면 누구나 성공적인 삶을 살 수 있다.

 명상의 길

흥분은 당신이 집중해야 할 입력의 중요한 조각이다. 왜냐하면 당신이 선택할 수 있는 발걸음에 대한 정보를 갖고 준비하고 있기 때문이다. 당신의 삶 속에서 그것을 위해 시간을 만들기 시작하라.

1. 당신은 전에 무엇에 대해서 흥분을 느꼈는가?

당신이 어렸을 때로 돌아가 생각하기를 원할지도 모른다. 당신이 수년 동안 해오지 않았던 어렸을 때 특별히 즐기던 무엇이 있는가? 그것이 단서를 당신에게 줄지도 모른다. 종이나 일지에 이것들을 모아라.

2. 무엇이 당신을 고갈시키는가?

"그저 그 일에 대해서 생각만 해도 견딜 수 없고, 나를 피곤하게 만드는 상황이나 사람이 있는가?" 그것은 당신의 명상에 또 하나의 단서이다.

3. 위의 상황을 변화하기 위해 어떤 발걸음을 밟고 있는가?

당신을 고갈시키는 것이 이혼을 허락해 주지 않고, 직장을 그만두고, 당신의 가족과 의절하는 것인가?

당신은 더 좋은 영역에 정착할 필요가 있을지 모른다. 또는 정직한 대화를 가져야 할지도 모른다. 새로운 직업 기회나, 단순히 삶 속에서 모든 사람을 즐겁게 하기 위해, 당신은 더 자주 "노"를 말하기를 시험하라.

20 부족하다는
생각을 버려라

무언가 결핍되어 있다거나 제한을 받고 있다는 생각을 마음속에서 완전히 지워라. 그리고 진리와 자유로운 의식을 갖춘 다음, 육체적으로나 금전적으로 자신의 삶을 새로이 구축할 준비를 하자. 이 책을 읽으면서 지금쯤 여러분은 주변 사람들과 자신과의 관계를 깊이 깨달았을 것이다. 그리고 모든 이들의 마음속에 내재된 힘에 대해서도 알았을 것이며, 그 힘이 여러분의 삶에서 가장 값진 재산이라는 사실도 알게 되었을 것이다.

이와 같은 진리를 마음속에 잘 간직하자. 그 진리를 통해 현재의 비참한 상황이 실수로 빚어진 것임을 깨달았다면 건강과 부, 행복은 언제라도 자기 것이 될 수 있다는 확고한 믿음을 가질 수 있을 것이다. 그리고 그에 따라 언제라도 현재의 모든 악조건을 극복할 수 있다는 사실을 깨달을 수 있을 것이다.

진리를 깨닫는 순간 여러분은 남의 잘못을 비판하거나 혐오하는 마음을 갖지 않게 될 것이다. 내면의 힘을 알지 못하는 사람은 어둠 속을 헤매는 어린이와 같으므로 우리는 마땅히 그런 사람에게 도움의 손길을 내밀어야 한다. 모든 사람이 건강하고 행복하며 풍요로운 삶을 누릴 수 있도록 기원하자. 뿌린 대로 거두는 것이 법칙이므로 우리가 남을 돕는 태도를 가지면 결국 좋은 열매를 거두게 된다.

명상의 길

눈을 감고 당신의 삶의 여러 모양을 생각하라. 마음의 눈으로 전형적인 약함을 찾아보라. 그렇게 할 때 기운이 솟고 흥분하거나, 기분이 내려가고 약화되는 것에 유의하라. 그 연습에 약 5분을 사용하라.

이제 다음의 기술을 바라보라. 당신의 삶에서 무엇이 작동하고 있는가? 무엇이 작동하고 있지 않은가? 이런 영역에서 어떻게 당신이 만족하고 있는지 자신에게 물어라. 그리고 1에서 10까지 점수를 주어라. 당신의 가장 가까운 대답의 번호에 O표를 하라. 마지막 두 목록은 창조적으로 당신 자신을 기술하라.

나는 내 일을 좋아한다.

나는 나 자신의 시간을 갖는다.

나는 지능적으로 도전하기를 좋아한다.

나는 잘 균형된 다이어트 식사를 한다.

나는 많은 친구와 교제한다.

나는 많은 돈을 갖고 있다.

나는 몸이 건강하다.

나는 영적인 시간을 갖고 있다.

나는 내가 좋아하는 방식에 대하여 좋게 느낀다.

나는 내 귀중한 다른 것과 가깝다.

나는 내 아이들과 가깝다.

나는 내 부모와 가깝다.

나는 내 형제와 가깝다.

나는 창조적인 추구를 위한 시간을 갖는다.

나는 균형적인 삶을 살고 있다.

나는 운동하는 시간을 갖고 있다.

지금 있는 곳이 현실적인 목표이지, 당신 자신의 근본적인 목표가 아닐지도 모른다. 당신이 쓴 숫자를 바라볼 때 어느 것이 진실로 작동하기를 원하는 영역일까? 그런 곳에 다시 별표를 하라.

21 사랑은 최선을 만드는 자석이다

사랑은 여러분을 지속시키며,
영적으로 보고, 듣고, 알고, 이해하
는 가운데 성장하게 하나니,
별의 전갈이 들려온다, 자! 당신은
들리는가,
여러분의 뜻대로 신이 기뻐하시는
일이 이루어지리라.

- 엘라 휠러 윌콕스
(Ella Wheeler Wilcox)

이웃을 사랑하고 자기 자신을 사랑하자. 저녁에 잠자리에 들고 아침에 잠에서 깨어 일어날 때마다 온 세상에 사랑의 마음을 가득 퍼뜨리자. 진심으로 세상 만물과 모든 이를 사랑하는 마음을 갖게 되면 여러분은 놀라운 결과를 보게 될 것이다. 사랑이라는 것은 최선의 결과를 끌어들이는 자석과도 같은 것이기 때문이다. 우리 몸을 사랑하고 칭찬하자. 우리 몸은 의식이 조종하는 바에 따라 움직이는 대단히 놀라운 장치라는 점을 기억하자. 여러분의 몸은 여러분의 영혼과 마음이 살고 있는 집이므로 늘 감사한 마음으로 잘 돌보아야 한다.

 # 명상의 길

대부분의 사람들은 큰 꿈을 갖지 않고 살아간다. 당신만은 큰 꿈을 갖고 살아가기를 바란다. 꿈은 반드시 이루어지는 법이다.

1. 다음 내용을 읽은 뒤 마음속에 다가오는 것을 재빨리 적어도 다섯 가지를 일지나 종이에 써라.

당신이 방문하고 싶은 장소

당신이 자기 것으로 하고 싶은 것

당신이 가끔 꿈꾸는 직업

당신이 만나고 싶은 유명한 사람

당신이 언제나 하고 싶은 것

당신이 듣기 원하는 수업

당신이 살기 원하는 장소

당신의 이상적인 휴가를 기술하라.

당신이 가장 칭찬하는 사람, 그리고 왜?

당신이 꿈꾸는 집 기술하기

2. 당신의 목록을 살펴보고, 가장 흥분되는 것 4가지에 표시하라. 당신의 일지에 이것들을 써라.

3. 어떤 패턴이나 주제에 유의하는가?(예를 들면, 그들이 모두 위험과 관계 있다거나 그들이 당신의 삶 속에 더 안정을 창조하는 것과 관계하고 있다.)

그 다음 단계는 소위 "정보 모우기"이다. 당신이 어떻게 목표에 도달할지 고민하지 말고 그저 정보를 요청하라. 예를 들면, 만일 당신이 언제나 공공기관에 진출하기를 꿈꾸고 있다면 누군가를 찾아 방문하고, 그들의 직업에 대하여 그들에게 질문할 5분 정도 시간을 요청하라. 만일 당신이 사진 찍기를 좋아한다면 지역의 문화센터를 찾아라. 언제나 파리에 가고 싶다면? 여행사와 대화하거나, 도서관에 가거나, 몇 권의 여행 안내책자를 구입하라.

우주가 당신과 함께 움직이기 시작할 것이고, 돕는 사람을 만들고, 결과적으로 당신의 길의 상황이 그런 방향으로 움직이기 시작할 것이다.

22 긍적적인 사고만 받아들이는 수신기가 되라

앞에서 여러분은 겉으로 보이는 현상을 무시하는 법을 배웠다. 이제부터는 부지런히 생각을 단련하여 희망차고, 행복한 생각만을 가슴에 품어야 한다. 우리는 마음 상태에 부응하는 잠재의식과 착상을 받아들이는 존재이기 때문에 실제로 인생에서 성공을 거두려면 마음속으로 늘 성공을 생각해야 한다. 마치 라디오처럼 각자의 생각을 '조율'하고 계속해서 긍정적인 '전파' 메시지를 수신하자.

여러분이 우울하고 낙심해 있다면 빈곤, 질병, 비탄 같은 생각을 마음속에 받아들이게 되고, 반면에 맑고, 희망차고, 행복하다면 바람직하고 좋은 생각만 받아들이게 된다. 마음을 어떻게 조율하느냐에 따라 여러분에게 찾아오는 결과 또한 크게 달라진다.

당신의 방향이 올바른지 어떻게 알지요? 삶 속에서 여러분을 안내하는 나침판을 갖고 있나요? 혹시 여러분은 자신의 욕망에 따라 선택하고 있는 것은 아닐까요?
결단이 필요할 때면 행복하게 만드는 것으로 하라고 배웠습니다. 이것은 이기주의나 사리사욕에 관한 것이 아니라 세상에 봉사하는 것을 말하는 것입니다. 나를 올바르게 느끼는 방법으로 살아가는 것에 관한 것입니다.
동정심(compassion)이라는 말이 70퍼센트의 나침판(compass)이라는 사실은 정말 우연이 아닙니다. 두 단어가 많이 닮았지요? 동정심이 안내할 때 우리는 우리 자신뿐만 아니라 봉사받을 필요가 있는 사람들에게 봉사하고 있는 것이 될 것입니다. 동정심이 여러분에게 명령하도록 하십시오. 동정심이 여러분을 안내할 때 여러분은 눈을 감고 어둠 속을 걸을 때라도 올바른 도로 위에 있는 존재처럼 확실하게 될 것입니다. 그것은 우리가 삶 속에서 필요로 하는 내적인 나침판이기 때문이지요.

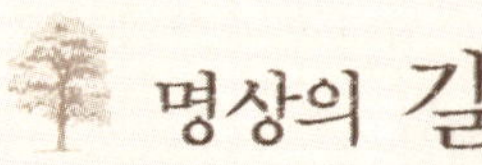 # 명상의 길

삶에 대한 당신의 믿음은 삶이 어떻게 펼쳐질지 모양을 만든다. 당신의 주요한 믿음은 어떤 것이 있는가? 당신의 믿음은 매일의 삶에 영향을 줄 것이다. 아래 목록의 질문에 대답하라.

삶이 투쟁해야만 하는가?

당신이 행복해지는 것이 가능한가?

당신은 안전한 세상에서 살고 있는가?

당신은 삶에서 즐거움을 발견하는가?

고통에 대해 중요한 것이 있는가?

어떤 다른 핵심적인 믿음을 당신의 삶에 갖고 있는가? 당신은 명상을 통해 걱정과 스트레스를 덜고 더 평화를 경험하기 시작할 것이다.

23
침묵하고 소망을 향해 실천하라

인생에서 성공하기 위해 갖추어야 할 대단히 중요한 덕목이 있으니 그것은 쓸데없이 자기 일을 떠들지 않는 자세이다. 여러분이 소망하는 바가 사업적 관점에서 다른 누군가와 반드시 의논해야 하는 문제가 아니라면 소망을 남에게 함부로 말하지 말라는 뜻이다.

원하는 것에 생각을 집중하고 목표를 정한 다음, 오로지 목표 달성에만 매진하자. 그리고 자신의 내면에서 들려오는 조언에 귀를 기울이자. 소망을 입 밖으로 내면 에너지를 낭비함과 동시에 자기 말을 들으면서 스스로 만족감에 빠지게 된다. 늘 나는 이러이러한 일을 하겠노라고 말하는 사람은 결코 그 일을 해내지 못한다.

중요한 일은 더 더욱 침묵을 지켜야 한다. 마음속 비밀의 방에 고이 담아둔 생각이 행동을 강화시키는 자극제 역할을 하기 때문이다. 말로 떠드는 대신 실천하는 태도를 기르자. 수력으로 제분기를 돌리고 싶다면 강물을 댐으로 막아야 하듯이 자기 일에 침묵하는 습관을 기르면 내면의 힘을 기를 수 있다. 또 무슨 일을 하든 성공할 수 있다.

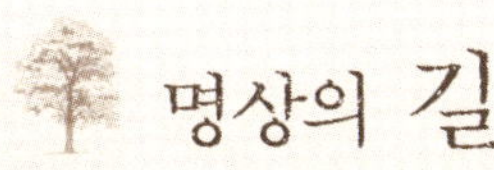

명상의 길

당신의 사고와 감정에 집중하라. 만일 당신의 감정이 낙심하고 있거나 절망, 또는 염세적인 것을 깨닫는다면 당신의 생각이 무엇을 하고 있는지, 당신에게 뭐라고 말하고 있는지를 찾아라.

부정적인 사고를 긍정적으로 바꾸기 위해 노력하라. 명상의 힘으로 피드백을 얻을 때라는 것에 유의하라. 당신이 생각하는 사고가 갈망을 추구하지 말라고 지시하고 있는 것이다. 그러면 즉시 이런 두 가지 질문을 하라.

1. 이 상황에서 내가 원하는 것이 무엇인가?
2. 그것을 생각하는 더 긍정적인 방법이 있는가?

당신이 더 좋게 느끼는 사고를 선택하기를 지속하라. 당신이 자신에게 거짓말하고 있다는 뜻이 아니다. 더 좋은 사고를 선택하도록 요구하고 있는 것이다.

24 지금이 시작할 때이다

나이나 현재 처한 조건에 관계없이 누구나 이 말에 귀를 기울여 주었으면 한다. 중년이 되어 젊은 시절의 꿈을 실현하고 싶은 희망을 다 잃어버렸다고 생각하는 사람은 이 글을 읽고 다시 희망을 찾기 바란다. 아직 늦지 않았다. 이 말을 계속해서 반복하자. "아직 늦지 않았어.

난 꿈을 이룰 수 있어." 전기 충격이라도 받은 듯 새로운 활기가 온 몸을 타고 흐르는 것을 느낄 때까지 그 말을 반복하자. 어깨를 펴고 심호흡을 한 다음, 기존의 틀에서 벗어나자.

지금 여러분이 쉰 살이라면 이제는 많은 경험을 쌓아 지혜롭고 원숙한 사람이 되었을 것이다. 그러므로 인생의 의미가 무엇인지를 쉽게 깨달을 수도 있다. 한편, 여러분이 일흔 살이라면 나는 여러분에게 이런 말을 하고 싶다.

"기존의 틀에서 벗어나라, 형제여!"

스스로 일흔 살이나 먹었다고 생각하기 때문에 몸 상태도 일흔 살이 된 것이다. 앞서 언급한 대로 우리의 몸은 11개월마다 완전히 새로워진다. 그러므로 여러분 속에 내재된 힘을 사용하기만 하면 무엇이든 원하는 것을 새로 시작할 수 있다. 본인이 과거에 어떤 일을 해왔고 앞으로 어떤 일을 할 것이라는 말을 사람들에게 떠벌이지 말자. 여러분이 원하는 일을 성취하는데 필요한 에너지와 창조력은 모두 여러분의 마음속에 담겨 있다. 그 힘을 끄집어내어 사용하자!

현재 여러분이 처해 있는 상황은 별로 상관이 없다. 여러분은 지금 도저히 넘어갈 수도, 밑으로 기어서 지나갈 수도 없는 책임이라는 벽에 갇혀 있을 수도 있다. 침대에서 꼼짝달싹 못하는 불구이거나, 어린 아이가 잔뜩 딸린 데다 돈 한 푼 벌지 못하는 여성일 수도 있다. 그러나 그런 상황은 모두 신경 쓸 필요가 없다.

금융계의 거물이 부와 권력을 거머쥘 수 있었던 법칙이 여러분에게도 똑같이 적용되고 있으며 그 법칙에 따라서 여러분은 현재 가난과 질병에 시달리고 있는 것이다. 현재 여러분이 어디에 있는지, 어떤 조건에 처해 있는지는 중요하지 않다. 지금까지 여러분은 잠재의식에 따라 형성된 패턴대로 살아왔고, 그로 말미암아 현재의 위치에 놓이게 된 것이라는 점만 명심하자.

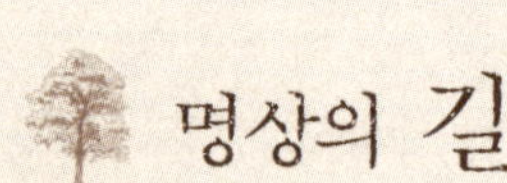

명상의 길

잠자리에 들기 전 그날에 있었던 내적인 자아를 재검토하라. 눈을 감고 당신의 하루로 돌아가 초점을 맞추고 잠으로 빠져들기 전에 다음 질문에 대답하라.

당신이 가장 평화스러운 느낌일 때 오늘 무엇을 하고 있었는가?

그와 같은 일을 더 하기 위해 당신의 삶을 어떻게 체계화할 수 있는가?

당신이 불안스럽게 느끼고 있을 때는 어떤 시간이었는가?(흐름을 초월한 걱정, 근심 등)

만일 있었다면 당신은 어떤 다른 방법은 없었을까?

당신이 아침에 눈을 떴을 때 생각할 몇 가지 질문이 있다.

오늘은 무엇을 고대하는가?

당신이 근심하는 것이 있는가?

있다면 어떻게 그 상황을 사라지게 하고 싶은가? 성공적인 소득을 그리면서 몇 분간을 보내라.

오늘을 좋게 느낄 수 있도록 만들 수 있는 한 가지 일은 무엇이 있는가?

올바른 방향 속에서 삶이 이동하는데 도움을 주는 터전 위에서 규칙적으로 이런 질문을 스스로에게 던져라. 명상은 아주 간단한 방향을 제시해줄 것이다.

당신을 고갈시키는 것에서 떠나라. 그리고 당신에게 에너지를 주는 것을 향하라.

25 먼저 작은 목표를 세우고 그것부터 이루자

작은 일부터 실천하라

잠재의식은 기억과 습관이 머무르는 곳이자 지식의 보관소이다. 그리고 잠재의식이 작용한 결과가 여러분의 삶과 건강 상태, 환경으로 나타난 것이다. 이처럼 여러분이 스스로, 혹은 다른 사람들에게 어떤 생각을 갖고 있느냐에 따라 잠재의식은 여러분의 생명과 육체, 환경을 구성해나간다. 잠재의식은 맹목적이고 비논리적인 힘을 갖고 있으며 전적으로 정신적 암시에 따라 작용한다. 그리고 여러분 각자의 착상, 신념, 동기, 의견에 맞추어 삶의 세세한 부분을 구성하고 재배치하는 일을 쉴 새 없이 하고 있다.

이와 같은 방법으로 잠재의식은 여러분의 삶의 조건에 변화를 가하면서 각자 생각한 바를 눈앞의 결과로 드러나게 한다. 소망이 소극적이고 불분명하면 여러분은 정신이 이끄는 대로 움직이는 도구에 불과하게 된다. 분명한 목표를 정하지 않고 표류하다보면 주변 환경에 희생될 수도 있다.

앞서 말한 상황을 극복하려면 나름의 목표를 정해야 한다. 자기 자신을 그다지 신뢰하지 않는다면 약간의 노력만으로도 성취할 수 있을 것 같은 작은 목표를 세우고 그것만큼은 꼭 달성하겠다고 결심해보자. 그리고 그것을 성취하자.

결심한 바를 이루는 데 방해 요인이 끼어드는 것을 용납해서는 안 된다. 특정한 목표를 성취하겠다고 잠재의식에게 계속 말하면 잠재의식은 일이 성취되는 방향으로 작용한다. 그리고 여러분이 목표를 이룰 때까지 꾸준히 한 가지 목적에 매진하지 못한다면 자꾸만 방해요소가 생겨나서 결국 목표를 이룰 수 없게 된다.

한번 나무의 생명을 생각해볼까요? 나무는 땅에서 자라는 뿌리로 시작합니다. 그리고 굳게 땅을 움켜쥡니다. 그 뿌리는 나무를 양육합니다. 그래서 가지가 자랄 수 있습니다. 가지는 하늘로부터 내려오는 것을 받습니다. 그리고 그 나무 전체를 통한 교제가 쉽게 흐릅니다.

뿌리와 가지는 다른 나타남이나 기능, 목적 때문에 서로서로 원망하면서 시간을 낭비하지 않습니다. 반면에 인간은 종종 전체를 위해 자기가 어떤 역할을 해야 할지를 모릅니다.

인간인 우리는 하늘위의 별에 도달하듯이 땅의 지원을 어떻게 받을 수 있을까요? 우리가 생존을 위해서 단합해야 할 구조를 지닌 한 부분인 것을 받아들일 때 나무처럼 우리의 가지는 진실로 하늘에 닿을 수 있을 것입니다.

목표에 집중하라

여러분이 잠재의식의 힘을 이해하고 올바르게 사용할 수만 있다면 잠재의식은 여러분의 충실한 하인이 될 것이다. 그러나 자신이 원하는 바가 무엇인지도 모르고, 분명한 목표도 가지고 있지 않다면 잠재의식은 그저 주변 환경을 반영한 현상, 정보의 덩어리에 불과하다. 오랜 시간 동안 한 가지 목표에 집중하면 반드시 그것을 성취할 수 있다. 눈에 보이는 분명한 목표를 세우고, 무의미하게 시간을 보내는 일을 피해야 한다.

　가난, 질병, 슬픔은 모두 공급의 법칙을 이해하지 못하기 때문이라는 사실을 명심하자. 늘 다른 사람을 도우면서 살자. 슬픈 현실을 이겨내지 못하고 주저앉아서는 안 된다. 다른 사람이 가여운 처지에 놓여 있는 것을 보았을 때 그들이 처한 불행한 현실 자체가 아니라, 그들이 우주의 보편 진리를 모르고 있다는 점에 동정심을 느껴야 한다.

　만일 지금 여러분이 오감(五感)으로 받아들인 사실 정보에만 의존하여 살고 있다면 모든 것이 보이지 않는 곳에서 비롯된다는 사실을 명심하자. 현재 처해 있는 조건은 결국 인력의 법칙에 따라 여러분이 스스로 불러들인 것이다. 즉, 모든 상황은 생각의 소산이므로 생각으로 그 상황을 개선시킬 수 있다.

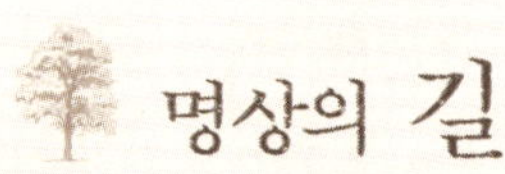# 명상의 길

안전한 지역을 넓히기 위해서 하루를 위험으로 선택하라. 당신의 삶의 다양한 영역 속에 있는 목표에 대하여 생각하라.

당신의 선택에 대하여 써라. 매일 잠자리에 들기 전에 당신이 내일 취할 위험한 것에 대해 생각하라. 그것을 명확히 그려라. 그리고 당신의 마음속에서 그것을 재연하라. 성공적인 결과를 보라. 당신이 필요한 도움이 무엇이든 보편 정신에게 구하라. "제발 내가 봉급을 올려달라고 상사에게 요청하도록 내일 용기를 채워주십시오. 명확한 논리와 강하기를 도와주십시오. 내가 얼마나 강력하고 존재할 만한 가치가 있는지 떠올리게 하소서."

26 모든 질병은 정신적 부조화의 결과이다

마음의 불협화음이 병을 만든다

모든 질병은 마음, 즉 영의 부조화로 발생한다. 반면에 마음과 영이 조화를 이루면 사람은 늘 건강하고 행복한 생활을 할 수 있다.

감정과 정신적 태도도 이와 같다. 여러분이 만약 파괴적인 의도로 발생한 강한 분노를 마음에 품으면 스스로 물리적인 상해를 입고 말 것이다. 두려움, 증오, 분노, 몰인정한 비판 등을 마음에 담고 있으면 류머티즘, 요통, 두통, 위장병에 걸리게 된다. 이와 같은 질병은 약을 먹으면 모두 치료할 수 있다고 생각하는가? 사실은 그렇지 않다. 마음속에 담아둔 불협화음을 제거하지 않으면 영원히 이러한 질병에서 자유로울 수 없다.

고통이라는 것은 조화롭지 못한 정신적 진동에서 발생한 근심이 우리 몸의 물리적 세포 속에 표현된 것이다. 분노는 고혈압과 같은 종류의 질병을 유발하고, 거칠고, 험악하고, 파괴적인 생각은 사고, 화상, 골절 등을 가져온다. 폭력적인 감정이나 폭력에 대한 두려움을 마음속에 품고 있으면 스스로 폭력의 피해를 입게 된다.

혐오, 분노, 편견, 비판, 질투, 시기(猜忌), 탐욕 등은 모두 형식은 다르지만, 두려움의 표현이다. 질투는 연인, 또는 원하는 직위를 잃을지도 모른다는 두려움, 그리고 자기 연인, 또는 직위를 붙잡을 수 없다는 자신감의 부족에서 나타나는 감정이다.

시기(猜忌)는 나약함의 표현이다. 겁쟁이가 질까봐 두려워 으르렁거리는 것일 뿐이다. 올바른 인격을 갖고 있는 남녀라면 다른 사람을 시기하지 않으며, 오히려 자기 일에 더욱 몰두하여 목표를 이루어낸다.

여러분은 완전한 삶을 살 수 있는 것을 보증하는 보험증서를 살 수 없습니다. 완전한 삶은 시간에 관한 것이 아니라 우리의 행동에 관한 것이며, 특히 친절한 우리의 행동에 관한 것입니다.

스테픈 그렐레트(Stephen Grellet)는 삶에 대해서 이렇게 말하고 있습니다.

"나는 세상을 단 한번만 경험하기를 기대한다. 그러므로 나는 모든 좋은 일을 할 수 있고, 모든 친절을 나의 동료 피조물들에게 보일 수 있다. 내가 그렇게 하도록 내버려두라. 내가 이 길을 다시 지나갈 수 없으므로 연기하거나 무시하지 않도록 하게 하라."

만일 여러분이 완전한 삶을 원한다면 친절을 나누어야 할 길을 발견할 수 있을 것입니다. 만일 누구를, 언제, 어떻게 도울지를 생각한다면 여러분 앞에 있는 사람을 바라보십시오. 지금 그 사람이 필요하다고 느껴왔던 것을 그 사람에게 해주십시오.

마음이 불편하면 심장질환이 생긴다

탐욕은 정신적 부족 상태가 극도로 발달한 감정 상태이다. 엄청난 부를 쌓아 올린 사람들을 보면 대부분 애정이 결핍되고 즐겁지 못한 어린 시절을 보낸 경우가 많다.

질투, 시기, 탐욕, 슬픔 같은 감정을 마음속에 담아두면 간과 신장이 나빠지고, 변비와 담즙 분비과다 증세가 생길 수 있다. 슬픔, 증오, 반항심을 마음속에 쌓아두면 심장 질환, 동맥경화, 울혈(혈관의 일부에 정맥성 혈액이 증량되어 있는 상태-역주) 등이 유발될 수 있다.

마음이 불편하면 심장 질환이 생기기 쉬운데 다른 사람들의 개인적인 자유를 누리지 못하게 만들려는 사람들에게 이런 질병이 나타나기 쉽다. 독재자들은 다른 사람들의 의지를 꺾으면서 자기 뜻대로 일을 추진하는 기쁨을 누리는 대신에 건강상으로는 무시무시한 대가를 치르게 된다.

어린이들은 부정적인 생각을 하면 속수무책으로 고통을 받는다. 어린이의 마음은 새하얀 종이와 같아서 아무런 저항 없이 외부의 심적 인상(心的 印象)을 고스란히 받아들이기 때문이다. 열네 살이 될 때까지 어린이의 봄 상태는 주변 어른들의 마음속에 담겨 있는 암시와 인상에 영향을 받는다. 선견지명이 있는 어머니라면 본인의 생각이 어린이의 마음과 몸에 큰 영향을 미친다는 사실을 반드시 명심해야 한다.

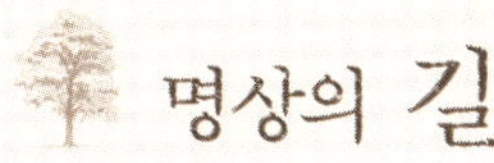 명상의 길

좋은 느낌에 대한 이유를 찾기 시작하라. 그리고 의식적으로 당신의 사고의 방향을 바꿔라. 당신의 내적인 안내자를 요청하는 연습을 하라. "이 상황을 찾기 위한 다른 길이 있는가?" 그리고 그 대답을 들어라.

당신이 나쁘게 느끼는 최근의 사건에 대하여 몇 개의 문장을 써라.

이 상황에 대하여 자신에게 뭐라고 말하는가? 무엇이, 어떻게 당신을 방해했는가?

더 잘 느끼게 만드는 상황을 방해하거나 관점이 다른 방식은 무엇인가?

27
날씬하다고 생각하면 날씬해진다

식욕은 심적 상태를 반영한다

우리는 몸이 필요로 하는 영양 물질 − 단백질, 지방, 탄수화물, 미네랄 염류와 같은 몸의 균형을 유지하기 위해 필요한 물질 − 을 일반적으로 음식을 통해 매일 섭취한다. 현재 마음상태가 어떠한가에 상관없이 일단 균형 잡힌 식사를 하지 못하면 건강상태가 나빠질 수밖에 없다. 그러나 잘 생각해보면 식욕을 좌우하는 것이 심적 상태라는 사실을 알 수 있을 것이다. 특정한 종류의 음식을 먹고 싶어 하는 욕구는 마음에서 비롯된다. 우리 몸은 순간순간의 심적 상태를 반영하기 때문이다.

우리는 누구나 잠재의식에 자기 모습을 그려 놓고 있다. 그리고 신체의 구성 세포는 우리가 섭취하는 음식을 사용하여 잠재의식의 이미지대로 우리 몸을 만들어간다. 식이요법만으로 자기가 원하는 다이어트 결과를 얻기가 어려운 것은 바로 이 때문이다.

잠재의식 속에 그려진 자기 이미지가 너무 뚱뚱하다면 몇 끼 굶어서 몸무게를 약간 줄일 수는 있을 것이다. 그렇지만, 굶어 죽을 작정을 하지 않는 이상에는 결국 식사를 할 수밖에 없고, 그런 상황이 반복되면 영원히 살을 빼지 못하게 된다.

날씬한 사람들은 보통 지방을 만들어내는 식품을 많이 섭취하지 않는다. 그런 음식을 억지로 먹으려고 하면 메스꺼움을 느끼기 때문이다. 따라서 자기가 원하는 모습대로 몸을 만들기 위해서는 무엇보다도 가장 중요한 원인인 마음을 다스려야 한다.

다른 사람들의 성공기를 읽으면 나도 할 수 있다는 자신감이 생기게 마련이다. 그래서 필자는 몇 가지 성공 사례를 아래와 같이 제시했는데, 내용을 가감(加減)하지 않고 있는 그대로

출처: 매사추세츠 주, 홀요크, 엘리자베스 타우니 사, 〈노틸러스 매거진(Nautilus Magazine)〉

스스로 날씬하다고 생각하라

글쓴이 : 아가드 R. 맥기번(Agathe R. McGivern)

나는 8년 내지 9년 동안 11~14킬로그램 가량 체중이 초과된 상태로 살아왔다. 그러다가 최근 정상적인 몸무게를 다시 찾게 되었다.

오랫동안 심리학에서는 몸이 아픈 사람에게 스스로 건강하다는 생각을 계속 하라고 가르쳐왔다. 나는 수 년 동안 누관[瘻管 : 관(管)모양의 기관(器官)–역주] 관련 질환을 앓았고 마침내 수술을 받게 되었다. 그런데 퇴원한지 몇 개월 지나지 않아 또다시 병이 재발하고 말았다.

그 후 2년 동안 병을 치료하기 위해 애썼고, 또 한번 수술을 받았다. 이번에는 회복하는데 1년이 넘게 걸렸다. 그러다가 등쪽에 다시 격심한 통증을 느끼기 시작했고, 다리가 너무 아파서 계단을 오르내릴 수도 없게 되었다. 나는 병마와 다시 싸워야 한다는 사실에 질려버려서 몸도 마음도 완전히 녹초가 되었고, 거의 포기 상태에 이르렀다.

그러던 어느 날 실천 심리학에 대한 책을 몇 권 읽고 다시 한 번 병원을 찾아가야겠다는 결심을 하게 되었다. 나는 심리학에서 주장하는 내용을 굳게 믿었다. 그리고 이번에는 반드시 병을 치료하고 말리라는 결심을 굳혔다. 그날 밤 나는 등에서 아무런 통증도 느낄 수 없었다. 암시의 효과는 너무나 빠른 속도로 나타났다.

이제 나는 더 이상 아프지 않다. 기운이 넘쳐서 잘 지치지도 않는다. 그러나 이처럼 나의 몸에 변화를 가져오는 일이 식은 죽 먹기처럼 쉬웠다고는 결코 말할 수 없다. 마음속으로 늘 좋은 생각만 하고, 몸이 좋아지지 않을지도 모른다는 의심이나 두려움을 버려야 했는데 그것이 말처럼 쉽지 않았기 때문이다. 오늘날 내가 누리고 있는 건강은 나 자신의 이미지를 좋은 쪽으로 만들기 위해 스스로 부단히 노력한 결과이다.

치료 방법

나는 하루에 여러 번 자리에 누워 몸의 긴장을 푼 다음 육체적 고통의 근원이라고 생각되는 곳에 정신을 집중시켰다. 몸이 건강할 때 그곳은 어떤 느낌일까 하는 생각을 했고, 건강한 내 몸을 이미지로 형상화했다. 나는 스스로 자신을 치료할 수 있다고 굳게 믿었다. 그런 믿음이 바로 내가 다시 건강해 질 수 있었던 요인이라고 생각한다.

나는 일하면서 늘 볼 수 있도록 책상 앞에 성경에서 인용한 다음과 같은 구절을 붙여 놓았다.

'그러므로 내가 너희에게 말한다. 너희가 기도하고 구하는 것은 무엇이든지 받을 줄로 믿어라. 그러면 그대로 될 것이다.' (마가복음 11장 24절)

이 말은 이해하기도 매우 쉬울 뿐더러 가장 용기를 주는 말이므로 마음속에 새겨두면 좋을 것이다.

11~14킬로그램 가량 체중 과다

나는 오로지 신념과 소망의 힘으로 병을 치료할 수 있다면 같은 방법으로 날씬해질 수도 있지 않을까하는 생각이 들었다. 나는 8년 내지 9년 동안 11~14 킬로그램 가량 체중이 초과된 상태로 살았다. 키가 크지 않은데다가 체중도 많이 나가면 내 모습이 너무 두드러져 보이기 때문에 나는 필사적으로 살을 빼려고 애를 썼다.

나는 월리스 브레드(Wallace Bread)라는 다이어트 식품을 먹고, 채식만 하고, 대책 없이 굶어보기도 했지만, 그래봤자 몸무게는 0.5~1 킬로그램 밖에 줄지 않았다. 그리고 정상적으로 식사를 하게 되면 몸무게는 금세 원래대로 다시 돌아갔다. 그런 식으로 여러 해 동안 몸무게와 싸움을 하면서 나는 조금이라도 음식을 먹을 때면 늘 '이걸 먹으면 살이 찌고 말거야.' 라는 생각을 했다.

나는 항상 배가 고팠고, 여러 가지 음식을 먹고 싶어 견딜 수가 없었다. 머릿속에서는 늘 먹을 것에 대한 생각이 떠나질 않았다. 그런 생각을 하면 할수록 더욱 배가 고파졌다. 온갖 맛난 음식에 대한 상상을 하면서도 그걸 먹으면 몸무게가 늘어날 것이라는 생각 때문에 도저히 먹을 수가 없었다. 늘 마음속으로 점점 살이 쪄가는 자신의 모습을 상상했다.

앞서 언급한 것처럼 육체적인 고통이 씻은 듯 사라지고 나자 내 몸의 지방덩어리에 대해서도 같은 방법을 사용해보자는 생각이 들었다. 충분히 가능할 것 같았다. 나는 꾸준히 노력했고, 지금 나는 정상 체중으로 살고 있다. 나는 끼니를 거르지도 않으며, 음식을 먹으면서 살이 찔까봐 걱정하는 일 따위는 더 더욱 하지 않는다.

날씬해진 비결

살을 빼야겠다고 결심한 후 나는 우선 수년 동안 늘 마음속에 담아왔던 뚱뚱한 내 모습 대신에 날씬한 내 모습을 상상하기 시작했다. 날씬한 내 모습을 상상하면서 무엇이든 먹고 싶은 음식은 다 먹었다. 음식을 입에 대면 살이 찔 거라는 생각은 하지 않으려고 애썼다. 그 대신 나는 자신에게 계속 이런 말을 주입시켰다.

'나는 정상적인 양을 먹었어. 오늘 나는 어제보다 더 날씬해질 거야.'

열심히 온 마음을 다해 위와 같은 말을 되새겼다. 그러자 정말 날씬해지기 시작했다. 갑자기 살이 쭉 빠진 것은 아니고 몇 주후에 0.5킬로그램 쯤 빠지더니 그 후 계속해서 살이 빠졌다.

그 뒤 나는 놀랍게도 예전처럼 음식을 갈구하지 않게 되었다. 정상적인 양만 먹으면 나는 곧 만족감을 느꼈다. 음식에 대한 생각이 머릿속을 채우는 일이 없어졌고, 식사 때가 아니면 음식 생각은 나지 않았다. 음식을 먹으면서도 그 음식을 먹으면 살이 찔 거라는 생각도 하지 않았다. 늘 배가 고프던 기분도 사라졌다. 놀라운 점은 음식을 억지로 먹지 않으려고 애를 썼을 때보다도 오히려 지금 음식을 덜 먹게 되었다는 것이다. 지금 나는 만족스러운 기분으로 살고 있다.

내가 살을 뺀 비결은 마음 자세를 바꾼 것이다. 요즘 나는 날씬한 내 모습을 상상하며 살고 있다.

건강, 젊음 등도 마음의 작용

위에서 언급한 내용은 내재된 힘을 사용하여 자신을 치료한 실례(實例)이다. 우리는 몸이 아플 때 수술을 받거나 기타 여러 가지 방법을 사용하지만, 우리 안에는 이미 몸을 치료할 수 있는 힘이 내재되어 있다. 다리가 부러지면 일단 의사에게 보여야겠지만, 의사라고 해서 부서진 뼈를 완전히 짜맞춰주지는 못한다. 결국 잠재의식을 이용해야만 스스로 다친 곳을 치료할 수 있다.

의사가 전혀 필요 없다는 말이 아니다. 의식세계에서는 의사가 상처의 고통을 줄여주는 역할을 한다. 그러나 필자는 여러분이 의사의 도움을 받되 궁극적으로 내적 자아의 힘을 이용하여 몸을 치료하기를 바란다.

앞서 필자는 자기 몸이 건강해졌다는 암시를 걸고 날씬해진 자신의 모습을 시각화한 여인의 예를 들었다. 그녀는 잠재의식에 새로운 패턴을 제시한 것뿐이다. 그 여인은 잠재의식의 힘을 자각하고 그것을 올바르게 이용했다. 그렇지만, 그녀 역시 심리학에 대한 공부를 하기 전에는 다른 사람들과 마찬가지로 잠재의식의 힘을 이해하지 못했다. 그래서 그저 병원에 다니고 수술하는 등 남들과 똑같은 방법으로 자신의 병을 치료할 수밖에 없었다.

오랜 세월동안 그녀를 괴롭혀왔던 누관 질환은 그녀의 마음속 깊이 인식되어 있었다. 두 번이나 그 병을 치료하고자 했으나 병은 완치되지 않았다. 그렇지만, 그녀가 심리학 서적을 읽고 관점을 바꾼 후에 병은 씻은 듯이 나았다.

그녀는 다이어트를 하면서 자기가 뚱보라고 계속 생각했는데, 그런 식의 생각은 잠재의식에게 계속해서 지방을 몸에 축적하라고 명령을 내리는 것과 다름없다. 식이요법과 끼니를 굶는 것으로 살을 빼려는 사람들이 보통 그러하듯이 말이다. 그런데 그녀는 스스로 날씬하다고 생각하는 방법을 사용해서 살을 뺄 수 있었다. 사실 누구나 이 방법을 이용하면 원하는 만큼 살을 뺄 수가 있다. 잠재의식은 우리가 자신에 대해 가지고 있는 이미지를 그대로 현실로 만들어내기 때문이다.

이 규칙은 살을 찌우고 싶어 하는 사람들에게도 똑같이 적용된다. '나는 너무 말랐어.' 라는 생각을 그만두고 잠재의식 속에 스스로 완벽하다고 생각하는 이미지를 그리자. 그리고 균형 잡힌 식사를 하면서 그 문제에 대해서는 신경을 끊자.

🌳 명상의 길

1. 당신이 가진 목표나 꿈을 생각하라. 당신의 일지 안에 써라.

〈예〉

20파운드를 빼고 싶다.

그래픽 디자인 사업을 자영하고 싶다.

유명한 시인이 되고 싶다.

나는 수채화 화가가 되고 싶다.

2. 매일 아침 일어날 때, 그리고 잠자리에 들기 전에 자기 목표를 성취하는 것을 그려라. 매일 몇 분씩 그렇게 지내라.

3. 당신의 목표를 향해서 취할 수 있는 작은 스텝을 생각하라. 성취를 이룩했을 때 어떤 흥분을 느끼지 생각하라.

〈예〉

나는 이 달에 4킬로그램을 줄이고 싶다.

나는 창업할 사업에 대하여 더 파악하고 싶다.

나는 대중에게 나의 시를 읽어줄 수 있는 곳을 찾고 싶다.

나는 좋은 수채화 교실을 찾고 싶다.

4. 위에 목록화한 작은 스텝을 취하기 시작하라. 매일 당신의 목표와 관계하여 열심을 느끼는 것에 집중하라. 이것은 당신의 명상이 목표를 향하여 당신에게 용기를 주는 것이다. 열심히 행하라.

28 진정한 자아를 찾아야 무한한 자원을 공급받는다

> 사람의 궁극적인 척도는 편안과 안락의 순간에 서 있는 것이 아니라 도전과 시련에 서 있는 것이다.
>
> — 마틴 루터 킹 Jr.
> (Martin Luther King Jr.)

여러분의 참된 자아는 바로 영이다. 여러분의 영은 영원토록 완벽한 존재이다. 영에는 부족함이나 한계, 질병 따위가 없다. 다만, 우리는 교육과 환경적 훈련의 결과로 스스로에게 제한을 두고 있을 뿐이다. 우리는 보편 우주에서 무한한 자원을 공급받을 수 있으나, 그것을 받아들이는 능력을 스스로 제한하고 있다. 그러므로 우리는 진리를 보는 눈을 넓히고 확언, 집중, 암시의 힘을 사용하는 법을 배워야 한다. 다른 공부와 마찬가지로 진리를 깨닫는 것도 그다지 어려운 일이 아니다. 배우고 익히면 누구나 충분히 가능한 일이다.

여러분이 본질적 자아를 깨닫는데 '확언'이라는 방법을 사용하면 매우 유용할 것이다. 여러분은 건강하고, 젊고, 아름답고, 부유하고, 행복한 존재이다. 그러므로 여러분의 의식이 그 점을 깨닫도록 가르쳐야 한다.

정형화된 확언 양식을 사용할 필요 없이, 현실로 만들고 싶은 소망을 가지고 각자 확언 내용을 만들어보자. 확언 내용이 이미 성취된 진리라고 진심으로 믿으면 그것은 곧 이루어지게 된다. 이 때 모든 이들을 사랑하는 마음으로 다른 이들에게도 널리 이로운 방향으로 확언하기를 바란다.

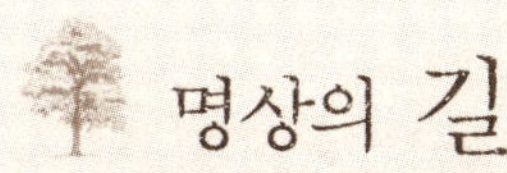

명상의 길

　천사와 교통하는 방법은 단순히 손에 펜과 종이를 갖고 조용히 앉아 있는 것이다. 그들은 종종 심오한 아름다움과 완전한 사랑, 순결함, 감사, 그 자체이기 때문에 받은 대답을 쓰기를 좋아한다. 나는 또한 내가 받은 정보를 뒤돌아보아 도움을 발견한다.

　• 방해받지 않는 시간을 찾아라. 전화를 끄고 조용히 앉아라. 눈을 감고 깊게 숨을 쉬어라. 사고와 감정에 조용한 조화를 가져오라. 중요한 영적 방문자를 위해 당신의 마음과 정신을 준비하는 것을 상상하라.

　• 빛에 둘러싸인 것을 상상하라. 모든 주위에 흐르는 것을 보아라. 그리고 우주의 모든 사랑과 연결하라. 당신의 전 존재를 통하여 하늘로부터 오는 빛의 흐름을 그려라. 당신이 빛과 연결되어 있는 것을 상상하고 자신이 그것과 열려 있는 것을 느껴라.

　• 당신의 초점을 마음으로 이동하라. 깊게 숨을 쉬고 천천히 내뱉어라. 당신을 채우고 있고 주변에 가득 차 있는 사랑을 느끼고 관찰하라. 당신의 천사가 나타나 당신과 교통하기를 바라는 것을 느껴라.

　• 당신의 천사에게 물어라. 무슨 문제이든 처음 당신의 마음에 떠오르는 것을 물어라. 여기 당신이 묻기를 원할지도 모르는

목록이 있다.

나는 어떻게 당신과 접촉할 수 있는가?

나는 당신을 뭐라고 불러야 하는가?

당신은 어떻게 나와 일하기를 원하는가?

당신이 나를 위해 가진 무슨 메시지가 있는가?

나는 지금 당장 무엇이 필요한가?

인생에서 나의 목적은 무엇인가?

29 지금 화려하게 살고 있다고 상상하라

마음가짐을 어떻게 해야 할 것인지를 생각해보자. 현재 가난이 가장 큰 근심거리라고 생각해보자. 그런데 여러분에게 부족한 부분을 모두 채워줄 수 있는 돈이 주어진다면 과연 기분이 어떨지 상상해보자. 그렇게 되면 여러분은 너무 기뻐서 환호성을 지를 것이고, 온 세상을 진심으로 사랑하게 될 것이다. 그럼 지금이 그런 기분을 느낄 때가 아닐까? 그렇다면 지금 당장에라도 우리 앞에 마련되어 있는 번영의 기회를 잡아 하나씩 실현해 가는 것이 마땅하지 않겠는가? 이제 이미 실현되었다고 상상한 것을 현실에서 이루기 위해 생각과 실천을 계속해 나가기만 하면 된다.

자신이 세상에서 가장 놀라운 힘을 가진 존재라고 상상해 보자. 그리고 소망하는 바를 마음속에 분명하게 그리자. 바람직한 방향으로 자기 자신과 주변 환경을 하나씩 구축해가면서 늘 기도하고 감사하는 마음으로 살면서 결과에 대한 의심이나 근심은 털어버리자.

동시에 그림 두 장을 볼 수는 없다. 그러므로 현재 불만족스러운 상황을 그린 마음속 그림은 무시하고 완벽한 미래가 그려진 그림만을 응시하자. 완벽한 성공, 행복, 건강, 번영을 누리는 자기 모습을 상상하자. 그 꿈은 곧 실현될 것이다.

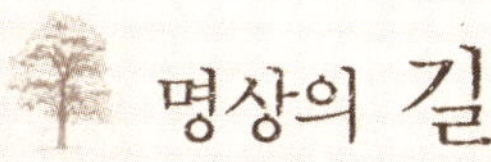

명상의 길

당신은 목표를 만날 트랙 위에 있는지 어떻게 알까?

당신은 몸에서 그것을 느끼는가?

본능이나 내적인 감정이 있는가?

올바른 방향으로 움직이도록 지시하는 이미지나 느낌을 갖고 있는가?

올바른 방향으로 향하고 있는 지시와 일치성이 있는가?

여기 당신의 현재의 목표와 함께 할 때 고려해야 할 몇 가지가 있다.

당신이 원하는 것을 할 때 흥분과 힘이 솟는 것을 느끼는가? 만일 그렇다면 당신이 지속해야 할 내적 신호가 오고 있는 것이다.

만사가 제대로 진행되고 있는가? 만일 그렇다면 지속하라. 만일 그렇지 않다면 천천히 진행하라. 잠시 뒤로 물러서라. 그리고 방향에 가벼운 변화가 필요한지 알기 위해 안내자에게 물어라.

30 마법의 힘이 깃든 단어를 찾아라

어느 시대를 막론하고 사람들은 '마법의 단어' 라는 것이 존재한다고 믿었고, 현자와 예언자들은 '단어의 힘' 에 대한 이야기를 남겼다.《알리바바와 40인의 도둑》이라는 동화에 나오는 '참깨' 라는 마법의 단어가 바로 그런 것이다.

오늘날에는 한 단어에 이상한 힘이 깃들여져 있다고 믿는 사람이 거의 없다. 사람들은 대부분 우리가 표현하는 단어 하나하나가 의식의 힘과 밀접한 관계를 가지고 있다는 사실을 알지 못한다. 그러나 내면의 힘에 대해 좀더 공부를 하고, 확언이 현실로 이루어지는 과정을 지켜보다보면 이 말이 사실이라는 것을 알 수 있다.

모든 것은 생각에서 비롯된다. 그리고 생각은 여러 가지 단어로 된 옷을 입으므로, 만물의 시작은 '단어'라고 해도 무방할 것이다. 그러므로 우리가 내뱉는 말에는 힘이 깃들어 있다. 지붕에서 말을 하든, 마음속으로만 말을 하든 육체와 환경은 말로 표현하는 내적 자아의 모습을 그대로 반영한다.

이 책을 집필하면서 필자는 여러분께 일관된 진리를 말하고 있다. 그것은 바로 노력을 기울이면 우리는 누구나 건강하고, 행복하고, 성공적인 삶을 살 수 있다는 것이다. 잠재의식을 통해 염원을 마음속에 새기고 노력하다보면 무엇이든 이룰 수가 있다.

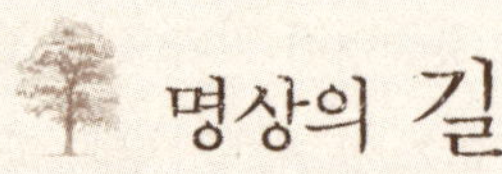

명상의 길

　당신은 불행하다고 생각하는가? 그 내용을 당신의 일지에 써라.

　만일 당신이 이 상황에 대해 어떤 바람이 있다면 무엇이 일어나길 바라는가?

　이 문제에 관계된 다섯 가지 선택을 생각하라. (예를 들면, 당신이 누군가와 대화를 선택할 수 있다. 떠나기, 머물기, 지원이나 도움 요청하기, 기도하기, 결정하지 않기, 위험을 무릅쓰기, 당신의 태도 이동하기, 당신이 언제나 해온 것을 지속하기, 행동을 취하기, 또는 위의 모든 것). 당신의 일지에 이것들에 대하여 써라.

　눈을 감고 깊이 숨을 쉬어라. 당신의 자아에게 물어라. "행동의 가정 좋은 과정을 취하는 것이 무엇인가?" 멈춤.

　당신이 써온 모든 선택에 대해서 생각하라. 그들 중 어떤 것이 최선의 결정으로 도약하는가? 만약 그렇지 않다면 더 깊게 들어가 다시 질문을 물어라. 새로운 대답이 나올지도 모른다. 당신의 일지에 그 결과를 써라.

31 내면의 힘을 찾아야 행복이 찾아온다

진정으로 행복해지고 싶다면 본인이 보편 정신(하나님)과 한 몸이라는 사실을 깨달아야 한다.

지금 하고 싶은 일이 무엇인지 찾아내고, 자신의 사명이 무엇인지에 대해 생각해보자. 인생을 어떤 식으로 살아갈 것인지 확신이 서면 잠재의식에게 길을 열어 달라고 부탁하자. 매일 침묵 속에서 소망을 이루어 달라고 계속해서 간구하자. 밝은 마음으로 계속해서 간구하다보면 현재 본인이 하고 있는 일이 앞으로 소망을 실현시키기 위한 디딤돌 역할을 할 것이라는 사실을 깨닫게 될 것이다.

어떤 일을 직업으로 삼아야 할지 고민할 때 내면의 창조성을 제대로 발휘하지 못하는 경우가 많다. 우리는 각자 하는 일 안에서 행복을 찾을 줄 알아야 한다. 그렇게 하지 못한다면 일에 대한 전반적인 시각이 왜곡될 것이고, 우리는 각자의 재능과는 아무런 관련 없는 엉뚱한 일을 하게 될 것이기 때문이다.

돈이 많으면 행복할 것이라고 말하는 사람도 있고, 일을 통해 행복을 찾을 수 있다고 말하는 사람도 있으며, 건강, 기쁨, 사랑이 가득한 삶을 살면 행복할 것이라고 말하는 사람도 있다. 그들의 말이 사실이라면 부자들은 모두 행복해야 할 디인데 사실은 그렇지가 않다.

일을 하는 것만으로 행복을 찾을 수 있다면 일을 하고 있는 사람들은 모두 행복해야 할 테지만 그렇지가 않다. 우리는 돈, 직업, 건강, 사랑, 쾌락 등을 통해 본질적인 행복을 얻을 수 없다는 사실을 이미 알고 있다. 진정한 행복은 마음속으로 느끼는 것이므로, 내면의 힘을 자각하고 세상에서 자신의 위치를 확고히 할 때 우리는 진정 행복해질 수 있다.

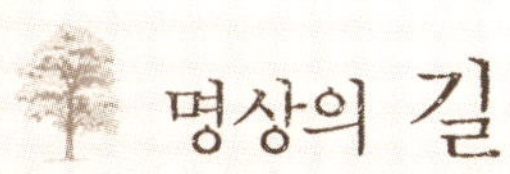

명상의 길

　창조적인 과정의 단계를 연습하는 시간을 가져라. 당신의 이상적인 삶에 대하여 당신의 일지에 써라. 매일 5분 동안, 목표를 성취하는 것을 스스로 느끼고 그려라. 당신의 길에 오는 내적인 안내자에 집중하라. 그리고 즐겁게 느낄 때만 행동으로 취하기를 기억하라.

　당신의 삶을 창조하기 원하는 것을 나타내는 사진을 잘라 모아라. 당신을 고무시키는 단어, 당신이 방문하고 싶은 외국의 사진, 당신이 갖고 싶어 하는 자동차, 당신이 살고 싶은 집, 당신이 갖고 싶은 이상적인 관계의 이미지 등이다. 그 사진을 당신이 늘 볼 수 있는 곳에 붙여라.

32 인생에서 가장 중요한 것은 생각하는 일

일반적으로 사람들이 삶을 살아
가는 모습을 보면 물질적인 욕구 면에서 주객이 전도되어 있
는 듯한 느낌이 든다. 사람들이 의식적으로 필요로 하는 것은
모두 오감(五感)을 통해서 입수한 정보에 따라 결정된 것이다.
그리고 사람들은 필요한 것을 얻기 위해 구슬땀을 흘리며 열

심히 일한다. 마음속에 내재된 자산에 대해서는 전혀 생각해 보지도 않고서 말이다. 우리 중 9할은 내적 자산이 참된 자산 이라는 것을 모르고 있다.

삶에서 누릴 수 있는 진짜 좋은 혜택은 그저 요구하기만 하면 자기 것이 된다. 그런데도 그저 살아남기 위해 사람들이 고군분투하는 모습을 보면 몹시 안타깝다. 우주의 보편적인 혜택은 요구를 해야 자기 것이 되는 것이 아니라, 원래부터 자기 것인데 말이다! 보편 정신은 영이고, 여러분도 영이다. 현실 세계에 가시적으로 보이는 사물은 모두 우리를 둘러싸고 있는 영적 에너지로 이루어져 있다.

따라서 원하는 것을 얻으려면 잠재의식에게 요구하면 된다. 여러분은 육신의 아버지뿐만 아니라 보편 정신의 자녀이다. 보편 정신은 여러분의 안녕과 행복에 늘 관심을 기울이고 있으며, 여러분이 원하는 것은 무엇이든 이루어주고 싶어 한다. 여러분에게 영적인 관점에서 바람직한 혜택을 주고 싶어 하는 것은 물론이다.

육신의 아버지는 일시적으로 변덕이 나서 자녀에게 축복을 내리지 않을 수도 있지만, 보편 정신은 인력의 법칙에 따라 우리에게 공평하게 축복을 준다. 여러분은 마음이 이끌어가는 방향에 따라서만 무언가를 이룰 수 있으며, 여러분의 것으로 예정된 것은 다른 사람이 빼앗을 수 없다. 올바른 생각만을 품고 사는 사람들이 손해를 보는 것처럼 보이는 경우가 있는데 그것은 그들의 내적 자아가 더 나은 것을 준비하고 있기 때문이다.

원하는 바를 이루게 해달라고 기원하면 우주의 보편 법칙에 따라 꿈이 이루어진다. 이때 의심이나 두려움, 한계적 사고가 마음속에 머물지 않도록 해야 한다. 내적인 자산을 자각하지 못한다면, 여러분은 보편 정신의 혜택을 받지 못할 뿐만 아니라 잠재의식이 무력하게 되어 원하는 것을 이루지 못할 것이다.

삶의 여백

만일 우리가 딱딱하게 고정되지 않고 길게 늘어뜨린 느슨한 옷처럼 단순히 자신의 삶을 볼 수 있다면 우리는 더욱 쉽게 살아가는 방법을 발견할 수 있을 것입니다. 마치 어떤 순간이 쉽게 빠져나갈 수 있는 것처럼 이런 삶이 더 편안함을 느끼게 합니다. 그것이 자질구레한 의미 대신에 중요한 일에 초점을 맞추도록 우리를 도울 것입니다.
화려하게 입거나 그저 편안한 옷으로 느슨하게 입을지, 여러분은 삶을 어떻게 지내기를 원하십니까? 나는 준비하기 위해 시간을 낭비하기를 원하지 않습니다. 나는 더 자유스럽게 움직이고 삶을 즐기면서 살기를 원합니다. 나는 내가 이런 애착의 감각을 갖고 살아갈 때 나에게 찾아올 필요한 모든 것을 발견할 수 있습니다.

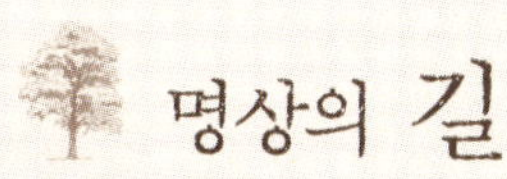# 명상의 길

　당신의 내적인 힘을 배우는 것은 어떤 새로운 기술이나 재능을 연습하는 것과 같다. 항상 불확실하고 불안을 느낄 것이다. "내가 하는 것이 옳은가?"는 종종 주요한 질문이다. 사랑하는 삶을 창조하기 위해 생각할 수 있는 정보의 재료로서 내적인 안내자 안에서 당신의 믿음을 세우는 간단한 방법이 몇 개 있다.

　당신이 결정을 필요로 할 때 평온할 수 있고, 안내자를 부를 수 있는 장소와 시간을 찾아라. 펜과 종이를 손에 가져라. 당신의 관심을 정신적으로 재검토하라. 그 문제를 명확히 하기 위해 몇 개의 문장으로 쓰는 것도 좋다.

　가능한 한 최대로 당신의 정신을 명확히 하라. 어떤 사람은 자기 숨이 들어오고 나가는 것을 주시하면서 이것을 한다. 또 다른 사람은 촛불에 초점을 맞추거나 편안한 음악을 들으면서 한다.

　최선의 선택에 대한 정보를 위한 당신의 내적인 안내를 요청하라. 제한 없는 질문은 가장 도움이 된다.

　주의 깊게 들어라. 당신이 받은 것을 편집하지 마라. 통찰의 섬광으로, 단어로, 스쳐 지나가는 것이나 상징적 인상, 감정, 또는 몸의 감각으로 다가올지 모른다. 어떤 사람은 갑자기 대답이 "그저 아는" 것으로 온다고 말한다. 다른 사람은 나중에, 그 대답을 기대할 때 온다.

33
자연의 이치를 깨달아야
참자신의 모습을 만들 수 있다

세상 만물은 침묵 속에서 창조의 주체인 생각으로 형태와 실체가 소생할 날을 기다리고 있다.
신은 우리가 갈구하고 침묵 속에서 기다려온 모든 것을 작업하고 만드셨다. 머지않아 여러분은 만물을 빚어내는 힘을 갖추게 될 것이다. 하지만 자신의 운명을 어떻게 만들지는 신중해야 할 것이다.

– 엘라 휠러 윌콕스
(Ella Wheeler Wilcox)

흙, 물, 햇빛, 공기에는 생명을 유지하기 위해 필요한 요소가 모두 포함되어 있다.

식물계에는 수천 종의 나무와 꽃이 있으며, 각 종(種)은 생명을 유지하고 성장하기 위해 필요한 만큼 양분을 흡수한다. 그리고 식물의 각 종의 색깔과 형태는 자연의 비밀스런 섭리

216

에 따라 결정된다.

동물계를 살펴보면 여러 가지 종류의 새끼들을 데려다가 같은 음식을 먹이고, 같은 집에서 키우고, 똑같이 돌보아도 새 끼들은 자라면서 종류에 따라 색깔과 형태, 성격 등이 달라진 다. 이것은 보이지 않는 자연의 섭리가 있기 때문이다.

사람의 경우는 어떨까? 아기들에게 똑같은 음식을 먹이고, 똑같이 돌보아 주어도 아기들은 각각 다른 인종으로 자라난 다. 아기들은 외부적 조건에 관계없이 인종에 따라 성장양식, 피부색, 성격 등이 달라진다. 한 사람을 규정짓는 패턴과 양식 은 보이지 않는 측면에 속하는 것으로, 우리의 의식과 완전하 게 일치된 형태로 나타난다. 이것이 바로 자연의 섭리이다.

우리는 모두 의식에 매여 있는 존재이지만, 다른 생물들과 는 달리, 보이지 않는 자연의 섭리를 깨닫고 그에 따라 자신의 모습을 만들어갈 수 있는 힘이 있다. 이 말을 이해하려면 앞서 언급한 내용을 찬찬히 다시 읽어보기 바란다. 육안으로 보이 지 않는 부분은 원인의 영역에 속하는 것이다. 반면, 가시적인 사물은 그 안에 힘을 내재하고 있지 않으며, 단지 자연의 섭리 에 따른 결과물일 뿐이다.

이제 여러분은 만물을 구성하는 기본 물질에는 부족함이 있을 수 없다는 사실을 알게 되었다. 여러분은 물질적인 면에 서 이런 저런 부족한 삶을 살 수도 있지만, 보편 정신의 혜택

만큼은 풍요롭게 누리고 있다. 이와 같은 보편 정신의 에너지는 여러분의 마음 자세에 따라 작용한다. 따라서 여러분이 뚜렷한 소망 없이 인생을 표류하고 있다면 여러분은 그저 여러분의 나이와 유전 형질에 따라 다른 사람들과 비슷한 모습으로 그저 그렇게 살아갈 수밖에 없다.

 # 명상의 길

편안하고 안락하게 눈을 감아라. 깊게 숨을 쉬고 내쉬어라. 당신 위에 햇빛이 빛나고 있는 것을 상상하라.(멈춤) 따뜻함과 빛이

채워진다.(멈춤) 그 빛이 당신의 몸을 채우고 주위로 둘러쌈을 허용하라.(멈춤) 이 빛이 우주의 지혜와 당신을 연결하는 것을 상상하라.(멈춤) 당신이 연결된 것을 알고 이 지혜 속에서 숨을 쉬어라. 그것이 당신과 당신 주변에 있다.(멈춤) 당신은 신성한 지혜로 상승한다.

더 편안하라. 깊게 숨을 쉬고 이 빛과 사랑하는 에너지로 편안하라. 사랑과 빛이 흐르는 우주에 몸이 녹는 것처럼 모든 생각을 가게 하라.

당신이 선택한 것처럼 오랫동안 신성한 지혜와 연결하고 이 빛의 경험을 지속하라.

당신의 명상의 끝이 가까울수록 당신의 통찰, 정신적 명확성, 육체적인 고침, 그리고 당신의 정신에 갖고 있는 각 개인에게 똑같이 가져오는 빛과 사랑의 힘을 확언하라. 이 빛을 보라. 그리고 당신 주변에 그런 모든 것과 당신에게 고침을 가져오는 빛을 느껴라.

만일 당신이 문제와 관심을 가졌다면 그것을 정신으로 가져오라. 그리고 질문하라. 인내로 기다려라. 당신의 감정, 몸의 감각, 사고, 단어, 이미지에 집중하라.

우주의 손으로 걱정이나 당신의 과제가 풀어지고 있는 것을 상상하라. 당신의 걱정이 사라지고 있다. 해법이 완전한 길과 완전한 시간에 찾아오기를 믿어라.

34 경고
─차근차근 전진하라

여러분의 마음 상태가 어떤가에 따라서 보편 정신이 나타나는 양상이 달라진다. 현재 여러분의 모습을 결정한 것은 바로 잠재의식이며, 잠재의식 속에 새겨진 모습이 현실로 나타난 것이다. 독자 여러분은 '이제 이 정도면 진리를 완전히 깨달았으니 당장 실천에 옮겨서 주변 환경을 싹 바꿔야겠다.'는 성급한 결론을 내리지 말기 바란다.

도토리는 커다란 참나무의 씨앗이다. 그리고 참나무를 자라게 한 것은 바로 자연 속에 존재하는 성장의 법칙이다. 여러분의 마음속에 있는 잠재의식이 아직 때가 되었다고 판단하지 않은 경우, 여러분은 당장 배운 것을 실천에 옮길 일이 아니라, 좀더 차분하게 명상과 연구를 하고 진정한 깨달음을 얻어야 한다. 주변 환경을 완전히 새롭게 바꾸기 전에 일단 의식을 먼저 새로이 해야 하기 때문이다.

사고의 범위가 한정되어 있는 사람의 경우, 처음부터 어마어마하게 많은 돈을 소유하고 있는 자신의 모습을 상상하기보다는 일단 알맞은 만큼 현명하게 소비 하는 자신의 모습을 그린 다음, 점차로 수십억을 굴리는 상상을 하는 것이 좋다.

마음의 평안을 유지하기 위해서는 먼저 의식에 변화를 주고 착상을 전환한 다음, 잠재의식에 대해 좀더 새롭고 큰 요구를 하는 것이 옳다. 이처럼 차근차근 단계를 밟아가야만 보이지 않는 우주의 보편 법칙과 완벽하게 합일(合一)하는 방식으로 자신을 변화시킬 수 있다.

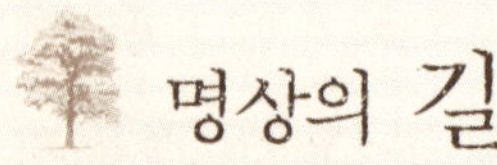

명상의 길

스트레스 시간, 당신을 열고 고요하게 느낄 수 있도록 이용하는 몇 가지 단어들이 있다. 그들 중 몇 개는 당신을 위해 작동할 것이고, 어떤 것은 작동하지 않는다. 그날 전체를 통하여 더 좋게 느끼는 기술을 이용하라. 당신이 경험하고 있는 혼란을 평화스런 해법으로 움직일 수 있게 할 것이다.

나는 곧 더 좋아질 것을 안다.

치료가 내 안에서 일어나고 있다.

나는 사랑하는 지혜로 안전하게 둘러싸여 보호받고 있다.

나는 이 상황을 통과하리라고 믿고 있다. 나는 강하다는 것을 안다.

다양한 재료로 지원이 오고 있다. 모든 사랑하는 도움을 받기 위해 열려 있다.

이 과정을 통과하면 기회의 새로운 문이 열릴 것을 안다.

나의 삶은 완전한 부를 누리고 풍요를 가질 만하다.

나는 풍요의 새로운 길로 초대받고 있다.

나는 올바른 선택을 한 것을 안다.

선이 이 상황에서 나타날 것이다. 나는 그때를 위해 인내할 필요가 있다.

나는 생각을 지배할 것이고, 지금 나는 두려움이 아니라 평화를 선택할 것이다.

나의 삶은 새로운 방법으로 펼쳐지고 있다. 만사가 더욱 좋아질 것이다.

나를 고갈시키는 상황과 사람을 기꺼이 보내줄 것이다. 나의 삶에다 친절과 사랑을 위한 공간을 창조할 것이다.

나는 미래가 나를 양육하고 성장시킬 멋진 기회를 포함하고 있다는 것을 안다.

이 문장들을 벽에 붙여놓고 생각하며 지내도 좋다. 예를 들면, 당신의 책상 위에, 벽에, 거울에, 당신의 지갑에, 침대 곁에, 냉장고에 이 글을 붙여라.

35
집중하여 훈련해야
큰 성과를 얻는다

시간은 의식을 구축하는 일에 가
장 중요한 요소는 아니다. 진리를 빨리 깨닫는 사람이 있는가
하면, 몇 달을 기다려야 만족할 만한 성과를 얻는 사람도 있기
때문이다. 어떤 사람은 진리를 깨닫는데 수년이 걸리기도 한
다. 그렇지만, 단 십분이라도 집중해서 훈련에 정진한다면 수

개월 동안 집중하지 못한 채로 훈련하는 것보다 오히려 더 큰 성과를 얻을 수도 있다.

낡은 생각과 상투적인 견해를 주저 없이 버릴 줄 아는 사람이라면 더 빨리 진리에 접근할 수 있다. 그러므로 틀에 박힌 사고방식을 갖고 있지 않다면 그것은 대단한 행운이라 하겠다.

각 세대마다 기존의 잘못된 틀을 부수고 새로운 과학적 사실을 입증하고 있다. 변화가 없으면 발전할 수 없다. 그러므로 늘 열린 마음을 가져야 한다. 자신이 이해하지 못하는 것이라고 해서 무조건 잘못된 것으로 밀어붙여서는 안 된다. 연구를 통해 진리를 밝혀내야 한다. 늘 새로운 정보를 입수하고 주변 상황에 관심을 갖자.

 ## 명상의 길

다음은 시간과 환경이 길게 명상을 지속하기 어려울 때 당신의 신성한 자아와 접촉하는 몇 가지 방법이다.

자신에게 물어라. "________는 무엇을 하기를 바랄까?" 빈칸은 당신이 좋아하는 누군가의 이름으로 채워라. 예수, 부처, 또는 당신의 어머니. 당신에게 지혜를 주고 내적인 강함을 대표하는 어떤 사람일 수 있다.

하늘을 쳐다보고 조용한 기도를 보내라. 이런 핵심으로 "여기서 벗어나게 나를 도와주십시오. 나는 당신의 현현과 당신과 연결하기를 갈망합니다."

잠시 동안 눈을 감고 갈망의 결과를 그려라. 마음속으로 그것을 되풀이할 때 목표를 어떻게 수행하는 것이 좋은지 정보를 받기 쉽다.

당신이 어떤 방식으로 일하든지 우주와 함께 연결된 것을 느껴라. 그리고 조용히 확언하라. "좋다. 하나님과 나는 이것을 처리할 수 있다."

조용한 장소를 찾아라.―욕실, 당신의 차, 텅빈 사무실――그리고 눈을 감고 사랑과 평화가 흡입하는 것을 그려라. 신성함과 연결되는 것을 느껴라. 당신 주변을 편안하게 보호하고, 당신을 안내하는 그들의 날개로 감싸주는 천사를 그려라.

직장에서 대부분의 사람들은 브레이크 타임을 갖는다. 당신은 정신과 브레이크를 취할 수 있다. 어떤 방식으로든지 당신에게 좋게 느끼게 하는 우주와 함께 접속하는 의도와 함께 산보를 하면서 잠시 동안 보내라. 간단히 빌딩 밖으로 나가 태양이 살갗을 간질이는 공기 속에서 몇 번 깊은 숨을 쉬는 것은 그날의 휴식을 통해서 당신의 정신을 회복하는데 충분할지도 모른다.

36 오직 자신에게만 의지하라

남에게 의지하지 마라

지금까지 우리는 늘 다른 사람에게 도움을 구하는 법만 배우며 살아왔다. 그래서 내면의 자아에게 의지하는 방법을 알지 못한다.

우리는 어린 시절에는 어머니에게 의지하고, 그 후에는 부모에게 모든 것을 요구한다. 세상에 나와서 자리를 잡고 월급을 받아 생활하게 되면 일자리가 가장 중요한 의지 수단이 된다. 결혼한 여자는 오로지 남편에게 의지한다. 우리는 항상 나 이외의 다른 존재에게 기대어 살아왔다.

어린이들이 부모에게 의지하는 것은 자연스럽고 당연한 일이다. 그렇지만, 어린이들에게도 자신의 힘을 자각하고 그것을 사용하는 방법을 가르쳐야 한다. 사람은 누구나 일을 해야 하지만, 생계 수단인 일자리에 지나치게 의존해서는 안 된다. 외부적 요인에 의지하다보면 마음이 불안해지고 두려움과 긴장감이 생겨서 무리를 하게 되기 때문이다.

반면, 자신이 누리는 물질적 풍요는 오로지 마음먹기에 달린 것이라고 생각하는 사람은 더 열심히 일하고, 건강하며, 행복하다. 설령, 일자리를 잃는 일이 있더라도 당황하는 대신에 그것을 개선의 기회라고 생각한다. 상황이 변하면 여러분은 더 좋은 곳에 착륙하거나 아니면 뒤로 물러나야 한다. 그리고 여러분이 어떤 결과를 맞게 될 것인지는 순전히 본인의 마음 자세에 달려 있다.

한치 앞을 내다 볼 수 없는 혼란스러운 상황에서도 절대로 당황하지 말고 침착하게 본인이 원하는 상황을 마음속에 그리자. 일자리를 원한다면 희망찬 모습을 마음속에 그리고 잠재의식에게 의존하자. 잠재의식은 우리가 미처 보지 못했던 알맞은 곳으로 여러분을 이끌어 줄 것이다. 이런 식으로 해서 어떤 일자리가 눈에 들어오면 신중하게 그 자리를 잡자. 그 자리는 여러분이 원하는 목표를 향해 갈 수 있도록 도와주는 디딤돌이 될 것이다.

외부적인 조건이나 남에게 의지하는 마음을 버리자. 보편정신은 여러분을 위해 수많은 길과 수단을 만들어줄 것이므로, 정신을 집중하기만 한다면 여러분은 앞으로 나아가야 할 길을 분명히 볼 수 있을 것이다. 여러분은 오직 우주의 보편진리를 깨닫고 그 진리에 따라서 살아가기만 하면 된다.

여성도 동등한 권리자이다

스스로 돈을 벌지 않고 살아가는 아내와 어머니들에게도 똑같은 말을 하고 싶다. 아내와 어머니라는 자리는 세상에서 가장 중요한 자리이다. 따라서 이 책을 읽고 있는 여성 여러분은 가장 강력한 힘을 휘두르고 있으며, 가장 큰 책임을 지고 있다. 어린이의 교육이 전적으로 여러분의 손에 달려 있기 때문이다.

그러므로 여러분의 마음 자세와 영적인 힘이 무엇보다도 중요하게 된다. 그렇지만, 사실 아내나 어머니로서만 살아가고 있는 여자들은 남편에게 의지하려는 생각을 갖고 있는 경우가 많기 때문에 남에게 의지하려는 생각을 가져서는 안 된다는 필자의 말을 이해하지 못하는 경우가 많다.

이제부터 첫째 원인에 대해서 살펴보자. 보편 정신(하나님)은 영이고, 생명이며, 모든 사람의 마음이다. 여러분의 남편과 여러분의 생명은 하나이며, 남편과 아내의 생각은 서로 소통하고 있다. 남편과 아내는 별개의 영이며, 자신을 표현하는 힘에 있어서 동등한 존재이다.

가족 내에서의 역할 분담에 따라 남편은 돈을 벌고, 아내는 아이를 기르고 가정을 돌본다. 그렇지만, 보편 정신의 시각에서 보면 남편과 아내는 모두 보편 정신의 영원한 자산에 대해 절대적으로 평등한 권리를 갖고 있다는 것이다.

남편이 가족을 부양하는 것이 잘못되었다는 말이 아니다. 가족을 부양하는 것은 남편으로서 축복받은 특권이다. 필자는 단지 아내들이 잠재의식적인 깨달음을 통해서 자신도 남편과 마찬가지로 욕망을 실현할 수 있는 능력을 갖고 있다는 사실을 알았으면 좋겠다.

여성 여러분은 소망을 이루기 위한 수단을 남편을 통해서 얻을 수도 있고, 기타 수단을 통해서 얻을 수도 있다. 여성 여러분이 반드시 알아야 할 것은 여러분이 남편에게 월급봉투를 받기 때문에 남편만큼 독립적이 될 수 없다고 생각하는 것은 오산이라는 사실이다. 아이를 낳고 키우느라 아무리 정신이 없고 바빠도 그 점은 분명히 자각해야 한다. 가정을 꾸려가는 일에 있어서 남편은 사랑하는 파트너라는 점을 잊어서는 안 된다. 그리고 보편 정신은 동등한 존재인 남편과 아내 모두에게 고갈되지 않는 축복의 자원을 마련해 놓고 있다.

남성의 소망도 보편 정신이 이룬다

남편들에게 필자는 이런 말을 하고 싶다. 보편 정신은 여러분의 말없는 파트너이며, 여러분이 원하는 모든 것을 만들어주는 유일한 존재라고. 모든 짐을 혼자서 지려하지 말고, 여러분 자신과 여러분이 사랑하는 이들의 꿈을 실현시켜줄 수 있는 기회를 보편 정신과 함께 나누자고.

여러분의 주변을 둘러싸고 있는 생명의 기운을 자각하고 인력의 법칙을 효율적으로 이용해보자. 보편 정신은 늘 우리에게 우리가 원하는 모든 것을 주지만, 우리의 마음이 움직이는 방향에 따라 소망을 이루어준다. 여러분이 어떤 결과를 거둘 것인지는 오늘 어떤 씨앗을 뿌리느냐에 달려 있다는 점을 항상 명심하자.

지금 이 책을 읽고 있는 독자가 심리학을 전공하고 있는 학생이라면 이 책에 기록된 내용이 모두 사실이라는 것을 알 것이다. 그러나 심리학을 막 시작하는 사람이라면 전반적인 내용에 대해 혼란스럽다는 느낌을 받을 수도 있다. 그러므로 각 장을 천천히 주의 깊게 읽어야 할 것이다.

여러분은 이 책의 문장을 한 줄씩 읽을 때마다 진리에 한 걸음씩 가까이 다가서게 될 것이다. 전에는 무심코 스쳐지나갔던 일들을 새로이 자각하게 될 것이며, 무한한 아름다움과 성취라고 할 수 있는 새로운 세상이 눈앞에 펼쳐지는 경험도 할 수 있을 것이다.

어느 정도 이 책을 이해했다 싶으면 각자에게 알맞은 '확언(確言)' 구절을 만들어서 마음속에 내재된 힘을 끌어내어 소망을 성취하는 데 그 구절을 활용하기 바란다. 매일 이 책을 조금씩 읽으면서 적어도 일주일에 한번은 전체적으로 통독(通讀)하자. 하루에 30분 정도 집중해서 읽고 필요할 때마다 소망을 담은 확언 구절을 되풀이해서 말하자.

이런 식으로 하다보면 여러분은 곧 목표를 달성할 수 있을 것이다. 돈이든, 권력이든, 사랑이든, 건강이든, 행복이든, 사회적 혹은 정치적 지위이든 간에, 목표를 하나 정하고 집중해서 잠재의식에 그 소망을 새기며 노력한다면 우주의 보편 정신은 반드시 여러분의 꿈을 이루어줄 것이다.

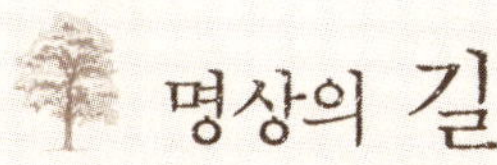# 명상의 길

눈을 감고 금빛으로 채워진 아름다운 정원에 앉아 있는 것을 상상하라.(멈춤) 주변에 있는 모든 길 위에서 당신을 돕는 선생님, 안내자, 그리고 천사들. 당신은 졸업식장에 있다.(멈춤) 그들의 사랑을 느껴라. 주변이 가득 둘러서 있다.(멈춤) 모든 사람이 당신의 발전을 즐거워하고 있다.(멈춤) 아름답고 부유한 붉은 카펫이 당신 앞에 펼쳐져 있다. 이 카펫의 끝에 몇 개의 계단이 있고, 그 계단의 꼭대기에 당신의 내적인 안내자가 서 있다.

당신의 안내자는 아름다운 별이 달린 금빛 목걸이를 하고 있다. 당신이 안내자의 앞에 서기 위해 계단을 걸어 올라갈 때 그 목걸이는 당신의 머리위에 놓이고 별 펜던트는 당신의 가슴으로 자비스럽게 떨어진다.(멈춤) 그 별이 당신의 모든 잠재력을 깨우고, 당신을 돕는 열쇠이다. 현명한 상담이 필요할 때마다 이 목걸이를 생각하기만 하면 되고 그 대답이 와서 알려줄 것이다. 당신은 혼자가 아니다.

이 순간에 당신을 위해 메시지를 갖고 있는 천사와 안내자들을 향하여 보라. 그들 앞에 서라. 그리고 그들의 현명한 안내를 요청하라. 에너지의 큰 파도와 함께 완전히 그들의 사랑이 채워지는 것을 상상하라. (멈춤) 당신이 그 대답을 들을 수 없을지라도 알아라. 당신의 영혼이 필요한 대답을 받고 있다. (멈춤) 당신은

감사로 채워짐을 느끼고 당신 주변에 모든 것이 풍요로 열려 있음을 느껴라.(멈춤)

당신은 정원의 안락의자에서 지시를 받고 있다. 당신은 깊이 숨을 쉬고 더욱 더 편안해진다.(멈춤) 안내자와 천사들 모두가 당신 앞에 모여 있다. 어떤 두려움, 오용, 의심에서 떠나 깨끗해지고 사랑하는 에너지를 당신에게 보냄으로써 그들의 나타남을 느껴라.

질문이 있는가? 이제 물어야 할 시간이다.(멈춤) 당신은 단순한 진실을 묻기만 하면 된다. 그리고 대답이 올 것이다. 그들이 항상 올 것이다. 당신의 신성한 안내 시스템은 언제나 작동하고 당신을 안내하려고 준비하고 있다.

당신이 준비되었다고 느낄 때 눈을 떠라. 그리고 새로움을 창조하기 위해 이 세상에 온 삶을 지속하라.

원작자에
관한 이야기

이 책은 베니스 J. 블러드워스 박사의 저서 중에서 단연 최고로 꼽을 수 있다. 블러드워스 박사는 저서를 통해 애틀랜타 주와 조지아 주 안팎에서 선생님이자 카운슬러 혹은 친구로서 많은 이들에게 알려져 있다.

박사는 시카고 주의 노스웨스턴 대학에서 심리학 박사 학위를 받았다. 그녀가 가르친 내용들은 대부분 현대 심리학자들의 연구 결과 및 2천년 전 예수 그리스도의 가르침을 기본으로 하고 있다. 박사는 자신이 저술한 내용에 대해 다음과 같이 말했다.

"무엇을 얻고자 하든지, 방법은 동일합니다. '첫째, 착상. 둘째, 착상의 시각화. 셋째, 착상의 실현'이 바로 그것입니다. 우선 무엇을 할 것인지 결정을 내린 다음, 마음의 놀라운 기능인 상상력을 이용하여 바꾸고 싶은 모습을 마음속에 그립니다. 생각을 하면 그 생각에 에너지가 뒤따르게 되므로, 반드시 긍정적인 방향으로 생각을 해야만 좋은 결과를 얻을 수가 있습니다."

블러드워스 박사는 건강, 아름다움, 기쁨, 조화, 풍요로운 사람에 대한 연구 결과를 저술, 개별 상담, 강연, 수업 등 여러 가지 형태로 발표했다. 그녀는 자신이 연구하고 있는 것은 영적 심리학이라고 말했으며, 인류를 돕는 것을 연구 목표로 삼았다. 또한 그녀는 사람들에게 우리는 모두 건강하고 행복하며 번영을 누리고 아름답게 살 수 있는 존재라는 사실을 알려주고자 했다. 또한 원하는 변화가 가시적인 형태로 나타날 때까지 이와 같은 믿음을 키우고 꾸준히 유지할 수 있는 방법을 학생들에게 제시하기도 했다.

박사가 일상생활 속에서 늘 반복해서 스스로에게 말했던 개인적인 확언은 다음과 같다.

"나는 온전하고, 완벽하고, 튼튼하고, 강력하고, 사랑스럽고, 조화로우며, 행복한 사람이다.”

그녀는 매일 거울 앞에 서서 이런 말을 10분 정도 계속 반복했다고 한다. 이 방법은 대단히 효율적이었고, 여러 가지 부문에서 그 효과를 나타냈다. 가령, 본인의 시력이 ‘온전하고 완벽하며 계속해서 새로워질 것’이라는 점을 깨닫는 순간 그녀는 더 이상 안경이 필요 없게 되었다.

블러드워스 박사는 서른 살이 되었을 때 지금이 ‘딱 좋은 나이’라는 생각이 들었고 그때 모습 그대로 젊음을 간직하기로 결심했다. 그리고 결과는 성공적이었다. 쉰을 넘긴 후에도 그녀는 여전히 젊은 여인의 모습 그대로였으니 말이다.

몸집은 작지만, 사랑스럽고 우아한 모습이었던 박사는 영화 출연을 제의받기도 했지만, 그 제의를 수락하지 않았다. 그녀는 좌절한 이들이 건강과 행복을 되찾고, 잠시 방황했던 이들이 사회에 복귀해서 시민으로서 제 역할을 할 수 있도록 돕는 일을 하는 것이 더 좋다고 생각했기 때문이다.

그녀는 다양한 분야에 도움의 손길을 내밀었다. PTA 그룹에서 아동 심리학 강연을 했으며, 애틀랜타 교도소 농장에서 애틀랜타 교회 여성 위원회와 함께 작업을 하기도 했고, 조지아 주 소녀 훈련 학교에서 활동하기도 했다. 박사는 수년간 활동을 하면서 축적해 온 연구 결과를 가지고 케네소 마운틴 근처에 있는 농가에서 이 책을 저술했다.

블러드워스 박사는 대부분의 시간을 인류의 행복한 삶을 위해 바쳤다. 그녀의 삶은 개인적으로 매우 정상적이고 균형이 잡혀 있었다. 그녀의 남편, 제임스 A. 블러드워스 (James A. Bloodworth)는 철도공무원으로 재직했다. 박사는 주부로서 남편과 함께 행복한 시간을 보냈다. 그들은 농장 생활을 즐기고 집 근처 숲에서 동물들을 길렀다. 마이크라는 이름의 개와 허니라는 이름의 암말, 아이크와 마미라는 이름의 고양이 두 마리를 키웠다. 고양이들이 새끼를 세 마리 낳았을 때 새끼들의 이름을 각 특성에 따라 나폴레옹, 라스터스 덴센베리, 러빙 샘이라고 붙였다.

전 세계 수많은 후원자들은 블러드워스 부부가 세상에 베푼 은혜에 찬사와 감사의 말을 아끼지 않았다. 부부의 서재에는 그리스도교적인 책에서부터 미스터리 소설에 이르기까지 다양한 종류의 책이 꽂혀 있다. 부부는 그 책을 읽으며 정보를 얻고 삶의 지혜와 기쁨, 평안을 얻었다.

　블러드위스 박사의 삶은 그녀가 일생동안 가르쳐 온 철학
이 조화롭게 반영된 모습 그대로였다.